万葉集の歌を推理する

間宮厚司

文春新書

332

万葉集の歌を推理する　目次

まえがき

かつて、ひらがなもカタカナも無い時代があった。書くための手段としては漢字しかない。漢字だけで日本語を記さねばならない。『万葉集』は、そんな八世紀末（奈良時代末）に成立した。その漢字ばかりが並んだ原文のほうにも目を向けながら万葉歌を読む。すると、趣向をこらしたユーモラスな書き方に出会い、驚き、感心させられることがある。どうして古代人はこうも柔軟な発想で、漢字を自由自在に使いこなすことができたのか、と。

例えば、「憎くあらなくに」のニククを「二八十一」と書く。これは、かけ算の「九九《くく》」を知っていた証拠。「恋ひ渡りなむ」のナムを「味試」と書く。味見をするには、なめる必要があるということだろう。「なほやなりなむ」のムを「牛鳴」と書く。奈良時代の人々は、牛の鳴き声をムと聞きなしていたことがわかる。「色に出でば」のイデを「山上復有山」と五文字用いて表記する。「山」字を二つ重ねると「出」字になるのを、「山上《やまのうえに》復有山《またやまあり》」と分解して説明したのだ。このように、まるでクイズの問題よろしく、かなりひねった表記もごくまれにだが顔を出す。

漢字のみで書かれた奈良時代の『万葉集』は、平安時代に入ると、早くも難解で一般的には訓《よ》めなくなっていた。九五一年、村上天皇は宮中の梨壺（庭に梨の木が植えられていたところから命名）に和歌所を設置し、プロジェクトチームを結成。源　順《みなもとのしたごう》・清原元輔《きよはらのもとすけ》・紀時文《きのときふみ》・大中《おおなか》臣能宣《とみのよしのぶ》・坂上望城《さかのうえのもちき》の識者五人に本格的な万葉歌の解読を行わせた。爾来、『万葉集』には今日に至るまで千年を越える膨大な研究の積み重ねの歴史がある。にもかかわらず、未解決の問題は決して少なくない。

なかんずく難訓歌は難問の代表と言ってもよい。『万葉集』四五〇〇余首のうち、難訓歌は何首あるのかというと、研究者によって訓めるか否かの判定が異なるため、数は統一できないが二〇首前後。しかも、丸ごと一首訓めないのではなく、何文字かが部分的に訓めない。本書では難訓歌を二首取り上げた。一つは、いくつかの説が出されているものの、いまだに訓み方の定まらない狭義の難訓「乱友」（巻二の一三三番歌の第三句）。もう一つは、近年の注釈書が解読不能と判断を下している、お手上げ状態の広義の難訓「邑礼左変」（巻四の六五五番歌の結句）。

また、『万葉集』には類歌と呼ばれる、表現の類似した歌が多数存在する。従来この方面の研究は手薄で、何番と何番の歌は類歌の関係にあって同じ発想の歌だ、と単に指摘される程度で済まされ、物足りなさを感じていた。そこで本書では、「宿《やど》り悲しみ」と「廬《いほ》り悲しみ」、「忘れかねつる」と「忘らえぬかも」、「生《い》けりともなし」と「生《い》けるともなし」という結句が微妙に相違する三組の類歌に注目し、丁寧に観察・比較することで、表現のわずかな違いが一首全体に及ぼす影響力を見極めたい。

『万葉集』の魅力は様々に語られる。味わい方も料理と同じで決まりはない。アプローチの仕方も千差万別で、新たな見解や修正案が次から次へと提出されてきた。そうした背景には、十分に理解・納得できない点があったからにほかならない。それは資料的な制約と時間の経過が、物事や言葉を不可解なものにしてしまったからだ。もっとも、どこまでも解明し切れない部分があるからこそ、もどかしくもやり甲斐のある探究が続くとも言えよう。

日本の貴重な文化遺産である『万葉集』。そこには未解決の問題、すなわち謎という宝物がたくさんうずもれている。本書がその謎解きの一端をうまくお伝えすることができるならば、そして『万葉集』に興味を持っていただく呼び水となるならば、それは筆者にとって誠に喜ばしいことである。

凡例

一、『万葉集』の原文と訓み下し文は、新編日本古典文学全集『万葉集』（小学館）に原則として従った。なお、原文の右側に付した訓は、カタカナ表記にした。

一、短歌は句間をあけず、長歌は句間ごとに一字分あけ、旋頭歌は上句と下句の間に一字分のスペースを設けて引用した。

一、引用歌の所在は、（万二・一三三）と記し、『万葉集』巻二の一三三番歌であることを示した。

一、口語訳は、歌の左側に⇩印を付して記した。

一、『万葉集』に限らず、古典を引用する場合は、歴史的仮名遣いに統一した。

一、参照した先行研究は、なるべく本文中に明記するよう努めたが、単語の意味や用例の所在（用例数）などを調べる際に利用した辞典・索引についてはいちいちそれを記すことをしなかった。ただし、『日本国語大辞典』（小学館）・『古語大辞典』（小学館）・『岩波古語辞典（補訂版）』（岩波書店）・『時代別国語大辞典・上代編』（三省堂）・『大漢和辞典』（大修館）・『学研漢和大字典』（学習研究社）・『万葉集総索引（単語・漢字篇）』（平凡社）・『万葉集各句索引』（塙書房）・『新編国歌大観ＣＤ－Ｒ

ＯＭ版』（角川書店）は、大いに活用させていただいた。

一、本書は、左記の初出論文を母体とし、補訂・加筆したものである。

第一章―「小竹の葉はみ山もさやに乱友」（万葉集一三三番）の訓釈について（『鶴見大学紀要・国語国文学篇』二五号、一九八八年三月）

第二章―「高島の安曇川波は騒けども」の解釈をめぐって（橋本達雄編『柿本人麻呂《全》』笠間書院、二〇〇〇年六月）

第三章―万葉歌（二五九七番と三一五九番）の解釈（『法政大学文学部紀要』四七号、二〇〇二年三月）

第四章―生ケリトモナシと生ケルトモナシ（『鶴見大学紀要・国語国文学篇』二七号、一九九〇年三月）

第五章―『万葉集』の「邑礼左変」の訓みと解釈（『国文学・解釈と鑑賞』五八巻一号、一九九三年一月）

第一章　人麻呂の「乱友」は諸説紛々

——妻と別れて一人ゆく笹山

はじめに

和歌文学史上、ひときわ大きく光り輝く万葉歌人、柿本人麻呂。後世、歌聖とたたえられる人麻呂は、『万葉集』にその名をとどめるのみで、生没年・経歴ともに未詳である。よって、『万葉集』の歌をたどる以外に知る術のない、謎の人物なのだ。人麻呂は持統朝から文武朝にかけての、いわゆる白鳳時代に宮廷を中心とする公的な場で活躍した。

人麻呂作とされる歌は、計八四首。とりわけ巻二の一三三番歌は、人麻呂の名歌として教科書などに掲載されることが多い。いまそれを、日本古典文学大系『万葉集』（岩波書店）から示そう。

小竹《ささ》の葉はみ山もさやに乱《みだ》るともわれは妹思ふ別れ来ぬれば

ところがこれを、日本古典文学全集『万葉集』（小学館）のほうで見ると、今度は次のようになっている。

笹《ささ》の葉はみ山もさやにさやげども我《われ》は妹思《おも》ふ別《わか》れ来《き》ぬれば

どちらのテキストも、『万葉集』研究において指導的な立場にある専門家三名が、長年協力し合って著したものである。にもかかわらず、傍線を引いた第三句の歌詞は、「乱《みだ》るとも」と「さやげども」とで異なる。

そもそも奈良時代の『万葉集』は漢字だけで書かれていた。それが平安時代以降になって、平仮名や片仮名による訓《よ》みがつけられるようになった。今日では歌を漢字平仮名交じりで書くのが普通である。けれども、それは漢字の羅列表記だった歌を読みやすくするために万葉学者が研究し、書き直した結果に過ぎない。したがって人麻呂の一三三番歌を、本来の原形表記に戻せば、「小竹之葉者三山毛清尓乱友吾者妹思別来礼婆」となる。

この歌を複数の注釈書や研究論文に当たって調べてみる。すると「乱友」には、ミダルトモ・サヤグトモ・ミダレドモ・サヤゲドモ・マガヘドモ・サワケドモなど、いくつもの訓み方があって、訓読の仕方（和語への還元）が一つに定まっていないことに気づく。しかも、同じサヤゲドモなのに意味は、さわやかな風景だったり、不気味な風景だったりという具合に、研究者間でも意見が対立しており、異説が多い。詳細は後述することにし、ここでは現在有力視されているミダルトモとサヤゲドモの解釈がどのようなものか、とりあえず見ておこう。

ミダルトモ⇩笹の葉は山全体がさやさやと音がするほどに乱れることがあろうとも（そのように他の全てのものが心乱れることがあろうと）、この私は（乱れることなく）一心不乱に妻を思う。別れて来たので。

サヤゲドモ⇩笹の葉は山全体がさやさやと風にそよいでいるけれども、私はひたすら妻のことを思う。別れて来たので。（ⓐ上三句で外界の晴れやかな明るさを描写し、それをドモで反転させて、下二句の作者の晴れやらぬ内界の暗さを対照させたと見る説。ⓑ上三句で山全体を蔽《おお》う笹の葉が無気味に鳴り響く様子を描写し、それをドモで受けて、それにもかかわらず一心不乱に妻を思う故にまったく不安を覚えないと見る説。）

こうした実情を知ると、訓み方や解釈は一つに決まっていると疑わずにいた人は、だんだんと不安になってくる。いったい何を信じたらよいのか、と。そして、このギャップはどうして生じるのか、と。

この章では、「乱友」の訓みと、その解釈について考察するが、この歌に関する論考は非常に多い。そこで、参照した先行研究の紹介については、以下の記述をすっきりとさせるため、最小限におさえ、最後の「先行研究との関係」で一覧し、そちらで私見との関係について言及する。

「友」字はドモと訓《よ》む

小竹之葉者《ササノハハ》　三山毛清尓《ミヤマモサヤニ》　乱友　吾者妹思《ワレハイモオモフ》　別来礼婆《ワカレキヌレバ》　（万二・一三三）

「乱友」の訓を決定するのに、まず「友」字はトモと訓むべきなのか、それともドモと訓むべきなのかが第一の問題になる。なぜなら「友」字は、『万葉集』の中では、次のように接続助詞として、トモの表記にも、ドモの表記にも使用される文字だからである（括弧内は原文表記）。

ⓐ「友」字をトモと訓む例

楽浪《ささなみ》の志賀の大わだ淀《よど》むとも（与杼六友）……　（万一・三一）

⇩楽浪の志賀の湾曲した入江は淀んでいても……

百歳《ももとせ》に老《お》い舌《したい》出でてよよむとも（与余牟友）……　（万四・七六四）

⇩百歳になって歯が抜け落ち、舌が出て体が不自由になっても……

ⓑ「友」字をドモと訓む例

梓弓《あづさゆみ》引かばまにまに寄らめども（依目友）……　（万一一・九八）

⇩梓弓を引くように気を引いたら、素直に寄り従いましょうけれども……

夢《いめ》にだに見えむと我はほどけども（保杼毛友）……　（万四・七七二）

⇩夢にだけでも見えるだろうと思って、紐を解いて寝たけれども……

ⓐは、「友」字がヨドムやヨヨムのように終止形を受けていることが表記の上から明白な例なので、「友」字は文法上トモと訓まれ、「たとえ……ても」という逆接の仮定条件を表す。それに対し、ⓑは、「友」字がヨラメやホドケのように已然形を受けた確実な例であるから、「友」字はドモと訓じられ、「……けれども」という逆接の確定条件となる。

ならば、「乱友」の場合はどうかというと、「乱」字は動詞の終止形と已然形のいずれにも訓《よ》み得る文字だから、最初に「友」字はトモとドモのどちらで訓むのが妥当なのかを、当時の語法に照らして決定しておく必要がある。

ではまず、一三三番歌を文の構造面からとらえてみよう。

笹の葉は　み山もさやに　乱友　我は妹思ふ　別れ来ぬれば

この歌は第三句にトモかドモが来て、結句は〈完了の助動詞ヌの已然形ヌレ＋バ〉の条件句で終結している。つまり、構造的には次のような形式だ。

――トモあるいはドモ――――已然形＋バ

これと同じ構造の歌は、『万葉集』の仮名書き（漢字をあたかも仮名のように一字で一音を原則表記するので訓みの確定が可能）の巻（巻五・一四・一五・一七・一八・二〇）に三例が見られる。

世の中を憂《う》しとやさしと思へども（於母倍杼母）飛び立ちかねつ鳥にしあらねば（鳥尓之安良祢婆）（万五・八九三）

秋の野をにほはす萩《はぎ》は咲けれども（佐家礼杼母）見るしるしなし旅にしあれば（多婢尓師安礼婆）（万一五・三六七七）

旅衣《たびころも》八《や》重《へ》着《き》重《かさ》ねて寝《い》ぬれども（伊努礼等母）なほ肌寒《はださむ》し妹《いも》にしあらねば（伊母尓志阿良

祢婆）　（万二〇・四三五一）

これらを見ると、結句は全例〈已然形＋バ〉で、第三句の助詞はすべてドモである。また、いま示した三首の下の句（第四句と第五句）は倒置表現になっているから、それを順直な句順に戻せば、

「飛び立ちかねつ鳥にしあらねば（飛び立つこともできない。鳥ではないので）」→「鳥にしあらねば飛び立ちかねつ」

「見るしるしなし旅にしあれば（見る甲斐もない。妻のいない旅先なので）」→「旅にしあれば見るしるしなし」

「なほ肌寒し妹にしあらねば（やはり肌が寒い。妻ではないので）」→「妹にしあらねばなほ肌寒し」

となる。

そこで今度は、〈已然形＋バ〉が第四句に来ている、

——トモあるいはドモ——已然形＋バ——

という構造の歌を検索すると、仮名書きの巻に二例がある。

常磐《ときは》なすかくしもがもと思へども（意母閇騰母）世の事なれば（余能許等奈礼婆）留《とど》みかねつも
（万五・八〇五）

あしひきの山き隔《へな》りて遠《とほ》けども（等保家騰母）心し行《ゆ》けば（許己呂之遊気婆）夢《いめ》に見えけり
（万一七・三九八一）

右の二首も、第三句は先に見た三首と同じドモになっている。では、第三句がトモの場合はどうか。仮名書きの巻に一首ある。

秋萩《あきはぎ》ににほへる我が裳《も》濡れぬとも（奴礼奴等母）君がみ舟の綱《つな》し取りてば（都奈之等理弖婆）
（万一五・三六五六）

トモの場合、結句は〈助動詞ツの未然形テ＋バ〉が来ており、〈已然形＋バ〉が来るドモの場合と異なる。

それでは、これまでに確認したことを整理しよう。

――ドモ――――已然形＋バ　三例

――ドモ――已然形＋バ――　二例

――トモ――未然形＋バ　一例

ここで大事なことは、ドモとあってその下に〈未然形＋バ〉の来た例は無い、トモとあってその下に〈已然形＋バ〉の来た例は無い、という事実である。この現象はどう解釈できるのかというと、**ドモは逆接確定条件を示すので**、〈已然形（已《すで》に然《そ》うなっている意）＋バ〉の順接確定条件と呼応した。一方、トモは逆接仮定条件を示すので、〈未然形（未《いま》だ然《そ》うなっていない意）＋バ〉の順接仮定条件と呼応したものと考えられよう。もし、この考えが正しいならば、「笹の葉は……」の結句は「別来礼婆《ワカレキヌレバ》」表記から〈已然形＋バ〉であることは動かないので、第三句の「友」字はドモで訓まれた蓋然性が高い、という結論になる。

トモとドモに呼応する助動詞と助詞

以上は歌の構造という観点から、「乱友」の「友」字をドモと訓む結論に達したわけだが、この考えをより一層確実なものとするために、ここではトモとドモがいかなる単語と呼応しているのかを詳しく見る。以下に列挙する例は、トモかドモかが決定でき、呼応する結びの部分の訓み方にも問題のない短歌である。

まずは、トモとドモが、どういう助動詞や助詞と呼応するのか、一覧してみよう。

▼トモと呼応する助動詞・助詞

①ム（推量）

ほととぎす夜声《よごゑ》なつかし網《あみ》ささば花は過ぐとも離《か》れずか鳴かむ　（万一七・三九一七）

⇩ほととぎすの夜声に心ひかれる。網を張ったら花が散っても去らずに鳴くだろうか。

②メヤ・メヤモ（反語）

春まけてかく帰るとも秋風にもみたむ山を越え来《こ》ざらめや　（万一九・四一四五）

⇩雁は春になってこうして帰っても秋風で紅葉する山を越えて来ないことがあろうか。

いやまた渡って来るだろう。

にほ鳥《どり》の息長川《おきながかは》は絶えぬとも君に語らむ言尽《ことつ》きめやも　（万二〇・四四五八）

⇩息長川は絶えようとも君に語りたい言葉が尽きることがあろうか。ありはしない。

③ジ（打消推量）

我が袖は手本通《たもととほ》りて濡《ぬ》れぬとも恋忘《こひわす》れ貝《がひ》取らずは行《ゆ》かじ　（万一五・三七一一）

⇩私の袖は袂《たもと》まで通って濡れたとしても、やはり恋忘れ貝を取らずには行くまい。

④ベシ（当然推量）

万代《よろづよ》に年は来経《きふ》とも梅の花絶ゆることなく咲き渡るべし　（万五・八三〇）

⇩万代まで年は経過しても、梅の花は絶えることなく、きっと咲き続けることだろう。

⑤ナ・ナ〜ソ（禁止）

うつせみの八十言《やそこと》の上《へ》は繁くとも争ひかねて我《あ》を言《こと》なすな　（万一四・三四五六）

⇩世間の噂はたとえどんなにひどくても、それに負けて私のことを口に出すな。

埼玉《さきたま》の津に居《を》る舟の風を疾《いた》み綱《つな》は絶ゆとも言《こと》な絶えそね　（万一四・三三八〇）

⇩埼玉の津に停めてある舟のように風が激しく綱が切れることはあっても、私への便りは絶やしてくれるな。

⑥ナ（勧誘）

高円《たかまと》の尾花《をばな》吹き越す秋風に紐《ひも》解き開《あ》けな直《ただ》ならずとも　（万二〇・四二九五）

⇩高円山のすすきの穂の上を吹き渡って来る秋風に向かって紐を解き開けよう。直接に会うのではなくても。

⑦未然形テ＋バ（順接仮定条件）

秋萩《あきはぎ》ににほへる我が裳《も》濡れぬとも君がみ舟の綱《つな》し取りてば　（万一五・三六五六）

⇩秋萩で美しく染めた私の裳はたとえ濡れたとしても、我が君のお舟の綱を手に取れるならば。

▼ドモと呼応する助動詞・助詞

⑧ム（推量）

夢《いめ》にだに見えむと我はほどけども相し思はねばうべ見えざらむ　（万四・七七二）

⇩夢にだけでも会えるようにと私は紐を解くけれども、片思いだから夢で会えないのも当然のことだろう。

⑨ラム（現在推量）

今もかも大城《おほき》の山にほととぎす鳴きとよむらむ我なけれども　（万八・一四七四）

⇩今頃は大城の山でほととぎすが鳴き声を響かせていることだろう。私はそこにいないけれども。

⑩ケム（過去推量）

時々《ときとき》の花は咲けども何すれそ母とふ花の咲き出来《でこ》ずけむ　（万二〇・四三二三）

⇩四季折々の花は咲くけれども、どうして母という花が咲き出て来なかったのだろう。

⑪ケリ（過去回想・気付き）

うぐひすの声は過ぎぬと思へどもしみにし心なほ恋ひにけり　（万二〇・四四四五）

⇩うぐいすの鳴く季節は過ぎたと思うけれども、美しい鳴き声がなじんだ心にはやはり恋しく思われることよ。

⑫ツ（完了）

水泡《みつぼ》なす仮《か》れる身そとは知れれどもなほし願ひつ千年《ちとせ》の命を　（万二〇・四四七〇）

⇩水泡のようにはかない仮の身だとは知っているけれども、やはり願ってしまう。千年の寿命を。

⑬ズ・ナク・ナフなど（打消）

立山《たちやま》に降り置ける雪を常夏に見れども飽かず神《かむ》からならし　（万一七・四〇〇一）

⇩立山に降り積もった雪を毎年夏に見るけれども飽きない。神々しさのためであろう。

室萱《むろがや》の都留《つる》の堤の成りぬがに児《こ》ろは言へどもいまだ寝《ね》なくに　（万一四・三五四三）

⇩室萱の都留の堤が完成したように恋は成就したと、あの子は言うけれども、まだ共寝をしてはいないなぁ。

月日《つくひ》夜《よ》は過《す》ぐは行《ゆ》けども母父《あもしし》が玉の姿は忘れせなふも　（万二〇・四三七八）

⇩月日や夜は過ぎて行くけれども、母父の玉のように立派な姿は忘れられないことよ。

⑭ソ（指定）

伊香保嶺《いかほね》に雷《かみ》な鳴りそね我《わ》が上《へ》には故《ゆゑ》はなけども児《こ》らによりてそ　（万一四・三四二一）

⇩伊香保の嶺に雷よ鳴らないでくれ。私には何ともないけれども、あの子のためだよ。

これらを通覧すると、トモと呼応する語は、①ム（推量）、②メヤ・メヤモ（反語）、③ジ（打消推量）、④ベシ（当然推量）、⑤ナ・ナ〜ソ（禁止）、⑥ナ（勧誘）、⑦未然形テ＋バ（順接仮定条件）であり、未来の事柄に関して表現する助詞・助動詞が来ている。これはトモが逆接仮定条件句を構成するのに対応した結果と解されよう。

一方、ドモと呼応している語は、後述する⑧ム（推量）を除けば、⑨ラム（現在推量）、⑩ケム（過去推量）、⑪ケリ（過去回想・気付き）、⑫ツ（完了）、⑬ズ・ナク・ナフなど（打消）、⑭ソ（指定）で、明らかに現在や過去の事柄を表す助詞・助動詞である。この結果は、ドモが逆接確定条件句を構成することと、やはり対応していると言えよう。これでトモは仮定、ドモは確定という決まりが、呼応する助動詞・助詞からもはっきりと認められた。

ただし、ム（推量）だけは、①と⑧から例外的にトモ・ドモ両方の助詞と呼応している。そこで、ムについて補足説明しておく。

一般にムは未来に生じる事態を推量的に表現する助動詞である。そのためムは、逆接仮定条件を表すトモのほうと、呼応する例が多い。①以外にも確例があるので示そう。

松浦《まつら》川《がは》七瀬《ななせ》の淀《よど》は淀むとも（等毛）我《われ》は淀まず君をし待たむ（武）
（万五・八六〇）

大野《おほの》道《ぢ》は繁道《しげち》茂路《しげみち》繁くとも（登毛）君し通《かよ》はば道は広けむ（武）
（万一六・三八八一）

行くへなくあり渡るとも（登毛）ほととぎす鳴きし渡らばかくやしのはむ（牟）
（万一八・四〇九〇）

父母《ちちはは》も花にもがもや草枕旅は行くとも（等母）捧《ささ》ごて行かむ（牟）
（万二〇・四三二五）

逆に、ドモがムと呼応している例は、どのくらいあるのだろうか。確かな例は二首ある。

夢《いめ》にだに見えむと我はほどけども（保杼毛友）相し思はねばうべ見えざらむ（諸不所見有武）
（万四・七七二）

在千《ありち》潟《がた》あり慰めて行かめども（行目友）家なる妹いおほほしみせむ（将欝悒）
（万一二・三一六一）

七七二番歌は先に一覧した⑧の例だが、これについては日本古典文学全集『万葉集』がその頭注で、「ウベは見えないことを当然に思う意の副詞で、推量の助動詞ムはむしろウベと結びついている」と解説する。こうした見方は、ムがドモと呼応するのは普通でないという前提があるから、「ムはむしろウベと結びついている」という説明になったものと推察される。ところで、佐伯梅友『奈良時代の国語』（三省堂、一九五〇年九月）は、ムは未来に関する事柄だけでなく、時の流れとは関係ない場面の推量にも用いられる例を指摘した。

こもりくの泊瀬《はつせ》の山の山の際《ま》にいさよふ雲は妹にかもあらむ（牟）　（万三・四二八）
⇩泊瀬の山の山間《あい》に去りかねて、とどまっている雲は妹であろうか。

これは「雲は妹（土形娘子《ひじかたのおとめ》の火葬の煙）であろうか」という仮想表現であるから、このムは時を超越しており、未来というテンスには関係しない。「夢《いめ》にだに……」（七七二）のムも、「片思いだから夢で会えないのも当然のことだろう」で、時を離れた単なる推量である。

また、次のムについては、「このムはラムと同じく現在推量に用いている。さっきの大声で鹿は驚いて逃げまどっていることであろうと推量していう」と日本古典文学全集『万葉集』が頭注で、説明している。

ますらをの呼び立てしかばさ雄鹿の胸別《むなわ》け行《ゆ》かむ（牟）秋野萩原《はぎはら》　（万二〇・四三二〇）

⇩ますらおが呼び立てたので、雄鹿が胸で草むらを押し分け行っていることだろう秋野の萩原よ。

前掲の「在千《ありち》潟《がた》……」（三一六一）のムも、「私は引き続き心を慰めて行こうと思うけれども、家にいる妻は心が晴れず不安に思っているだろう」で、現在の推量と考えてよい。

さらに、「ますらをの……」（四三二〇）をよく見ると、〈助動詞キの已然形シカ＋バ〉がムと呼応している。通常、ムは仮定条件の〈未然形＋バ〉と多く呼応するが、ムが現在推量を表す場合には、このように確定条件の〈已然形＋バ〉とも呼応するのである。

これまでのところを振り返ってみると、次のようなことになる。ムは未来を推量する表現に多用され、その時は順接仮定条件の〈未然形＋バ〉とよくセットになる。ところが一方で、ムは時を離れた場面、または現在の推量を表現することもまれにあり、その時は順接確定条件の

〈已然形＋バ〉とセットになる。ならば、ムが未来を推量する表現の逆接仮定条件の〈未然形＋トモ〉と呼応するだけでなく、逆接確定条件の〈已然形＋ドモ〉と呼応する場合（七七二・三一六一）があっても別に不思議ではなく、むしろ当然の帰結と言うべきだろう。

ムがトモとドモに呼応する理由は、結局ムの表す推量の広さゆえに生じたもので、つまり、ムが時（テンス）に関わる未来の推量ならばトモ、時を超越した単なる推量や現在の推量ならばドモと呼応しているのである。よって、ムとの関係においても、トモとドモの使い分けは、他の呼応例と同じくはっきりとしていると言い得る。

山口佳紀『古代日本語文法の成立の研究』（有精堂、一九八五年一月）は、「ムは、本来、時に関わらぬ推量を表わしたが、過去の推量をケムが、現在の推量をラムが担当するようになったために、ムが未来の推量を表わすことが多くなったものであろう」（四九三頁）という推量の助動詞の変遷に関する見解を示している。

トモとドモに呼応する動詞と形容詞

次に、トモとドモが、どういった動詞や形容詞と呼応しているのかを見る。

▼トモと呼応する動詞・形容詞

⑮動詞の命令形

卯《う》の花の咲く月立ちぬほととぎす来鳴《きな》きとよめよ含《ふふ》みたりとも　（万一八・四〇六六）

⇩卯の花が咲く月になった。ほととぎすよ来て鳴き声を響かせてくれ。花はまだつぼみであっても。

⑯形容詞の終止形＋モ

さ雄鹿《をしか》の伏《ふ》すや草むら見えずとも児《こ》ろが金門《かなと》よ行《ゆ》かくし良《え》しも　（万一四・三五三〇）

⇩さ雄鹿の伏す草むらのように姿は見えなくても、あの娘《こ》の家の前の門を通って行くのは良いだろうなぁ。

⑰形容詞のヨシ（許容・放任）

青柳梅との花を折りかざし飲みての後は散りぬともよし　（万五・八二一）

⇩青柳と梅の花を折って髪にさして、酒を飲んだ後は散っても構わない。

▼ドモと呼応する動詞・形容詞

⑱動詞の連体形

梅の花香《か》をかぐはしみ遠けども心もしのに君をしそ思ふ　（万二〇・四五〇〇）

⇩梅の花の香がかぐわしい（そのようにあなたの人柄がすばらしい）ので、遠くにおりますけれども、心もしおれるばかりにあなたを思っています。

⑲形容詞の終止形＋モ

栲衾《たくぶすま》 白山風《しらやまかぜ》の寝なへども児《こ》ろがおそきのあろこそ良《え》しも　（万一四・三五〇九）

⇩白山風の寒さで寝られないけれども、あの娘《こ》のくれた着物があって良かったなぁ。

⑳形容詞の終止形・連体形・ミ語形

韓亭《からとまり》 能許《のこ》の浦波立たぬ日はあれども家に恋ひぬ日はなし　（万一五・三六七〇）

⇩韓亭の能許の浦波が立たない日はあるけれども、家を恋しく思わない日はない。

人ごとに折りかざしつつ遊べどもいやめづらしき梅の花かも　（万五・八二八）

⇩人ごとに折って髪にさして遊んでいるけれども、ますます心ひかれる梅の花だなぁ。

立ち反《かへ》り泣けども我《あれ》はしるしなみ思ひわぶれて寝《ぬ》る夜《よ》しそ多き　（万一五・三七五九）

⇩繰り返し泣くけれども、私は甲斐がないので、思いしおれて寝る夜が多いことよ。

まず動詞から見ていく。トモと呼応するのは⑮動詞の命令形だが、命令形とは将来こうあれと、まだ実現していない事態に向けての表現なので、逆接仮定条件句を構成するトモのほうと呼応したのであろう。一方ドモは、⑱動詞の連体形と呼応するが、これは係助詞ソの係り結び

（そ↓思ふ）を使った、連体形による強調表現としての終止法だから、終止形と同等に扱ってよい。『万葉集』にはドモが動詞の終止形と呼応した例は見出せないが、『日本書紀』の歌謡には終止形とドモが呼応した確実な例が見られる。

橘は己《おの》が枝枝《えだえだ》生《な》れれども（騰母）玉に貫《ぬ》く時同《おや》じ緒《を》に貫《ぬ》く（農倶）（紀・歌謡一二五）
⇩橘の実は枝ごとになるけれども、飾りの玉に通す時には同じ一つの緒に通した（身分や技能等に差のある者に位階を一律に与えた）。

この「貫く」は動詞の終止形だが、「貫く」ことはすでに成立している。先に一覧した⑱の「思ふ」行為も同様に実現している。

ところで、現代語の終止形は、例えば「明日、学校に行く」は「行くつもりだ」の意味で未来のことを表すことが普通にできる。では、『万葉集』の場合はどうか。山口佳紀「万葉集における時制《テンス》と文の構造」（『国文学・解釈と教材の研究』三三巻一号、一九八八年一月）は、「終止法の場合」（㊟終止法↓「花咲く。花ぞ咲く。花こそ咲け。」）の中で、「現代語であると、〈基本形〉で未来を表すことが多いが、万葉集には、そうした例が見当たらない」（㊟〈基本形〉↓動詞に助動詞のつかない形）と報告した。加えて、「終止法の特別な場合として、助詞トで受けて引用句になる場合は、未来のことであっても、〈基本形〉の現れることがある」と述べ、次の例を挙げる。

絶《た》ゆと（絶常）言はばわびしみせむと……　（万四・六四一）
あしひきの山縵《やまかづら》の児今日《けふ》行くと（往跡）……　（万一六・三七八九）

右の「絶ゆと」は「絶えむと」の意、「行くと」は「行かむと」の意になるので、これらは特別なケースだと指摘する。

つまり、こうした例外を除けば、『万葉集』では動詞の終止形はすでに実現したことのみに使われているのだから、それは逆接確定条件のドモと当然呼応するはずなのである。

さてそうすると、「笹の葉は……」の歌は第四句に「我は妹思ふ」とあり、「思ふ」の上には終止形に係る係助詞「は」があるので、「思ふ」は終止形である。終止形ならば、これまでの研究成果から、それは未来についての表現ではなく現在の状況を歌っていることになるし、「ドモ←→動詞終止形」の呼応関係（『日本書紀』歌謡の例）からも、「乱友」の「友」字はドモで訓むのが適切だと言い得る。仮に、第四句の原文表記「吾者妹思」を「我は妹思へ」と命令形で訓じられるのなら、トモと呼応する⑮動詞の命令形の例にならい、「友」字はトモで訓じられる。しかし、「我は妹思へ」というのは文脈上無理であり、ここは「我は妹思ふ」以外の訓み方は考えられない。

以上、動詞の例から、「笹の葉は……」の「友」字は、ドモと訓むのが適切だという結論に達した。

次いで、形容詞から見た場合はどうだろうか。⑯と⑲は呼応する語がどちらも「良《え》しも」だから、並べて比較してみよう。

㋐さ雄鹿《をしか》の伏《ふ》すや草むら見えずとも児《こ》ろが金門《かなと》よ行《ゆ》かくし良《え》しも　（万一四・三五三〇）

㋑栲衾《たくぶすま》白山風《しらやまかぜ》の寝《ね》なへども児《こ》ろがおそきのあろこそ良《え》しも　（万一四・三五〇九）

それぞれ解釈すると、㋐は「さ雄鹿の伏す草むらのように姿は見えなくても、あの娘《こ》の家の前の門を通って行くのは良いだろうなぁ」、㋑は「白山風の寒さで寝られないけれども、あの娘《こ》のくれた着物があって良かったなぁ」となり、㋐の「良《え》しも」はまだ実現していないのに、㋑の「良《え》しも」のほうはすでに実現したことを歌う点で相違する。

こうした形容詞の用法は現代語も古典語と同じで、「試合に勝てれば、嬉しい」は仮定表現だが、「試合に勝ったので、嬉しい」は確定表現を表す。要するに、形容詞は同じ形で未来のことについても現在のことについても表現することが可能なのである。『万葉集』で慣用表現化している⑰形容詞のヨシ（許容・放任）が、逆接仮定条件を表すトモと呼応するのは、ヨシが「（……しても）構わない」の意で仮定のことを言っているからであるし、逆に⑳形容詞の終止形・連体形・ミ語形がドモと呼応しているのは、いずれも確定したことを言っているのだから、どちらも理論的に矛盾せず、問題はない。

このような呼応関係を踏まえれば、先にトモが〈未然形＋バ〉の順接仮定条件句と、ドモが〈已然形＋バ〉の順接確定条件句と呼応したのは、偶然でなかったことがわかる。すなわち、トモとドモでは、その結びの表現に顕著な違いが見られるのであり、このいわば時制の一致とでも言うべき呼応関係は否定できない。なのに、この事実を考慮せず、現代語訳で「たとえ笹の葉は……していようとも、私は妻を思う。別れて来たので」と無理なく自然に解釈ができるから、「友」字はトモで訓めるのだと主張するのは危険であり、説得力に欠ける。なぜなら、現代語ならば、ある言い方がおかしいか、おかしくないかは自分で言って考えてみればわかるが、『万葉集』の言語ではその判断がつかず、同様の例証がないのに独自の解釈をするのは、何の証拠もない恣意的なものだと言わざるを得ないからである。

以上、これまでの調査・分析の結果から、「友」字をトモと訓むのに有利な資料は無く、逆にドモと訓むのに障害となる都合の悪い資料は見当たらない、ということが判明した。

何と訓《よ》むか——①ミダレドモ説

「友」字がドモに決定すれば、「乱友」の訓じ方は、これまでに提出されている多くの訓みのうちから、マガヘドモ・サヤゲドモ・サワケドモの三つにしぼられる。が、ここで一つ疑問が生じる。それはなぜ、ミダレドモと訓めないのか、という素朴な疑問である。奈良時代に「……が乱れる」意を表す自動詞ミダルはどんな活用の仕方をするのかというと、それは『古事記』の歌謡に見える、

……刈薦《かりこも》の乱れば乱れ（美陀礼婆美陀礼）……　（記・歌謡七九）

⇩……刈り取った薦のように、ばらばらになるならば、そうなれ……

のミダレバ〈未然形＋バ〉の例から、活用の種類は下二段活用だとわかる（ちなみに四段活用ならミダラバになる）。すると、下二段自動詞ミダルの已然形はミダルレとなるが、「乱友」をミダルレドモと六音で訓むことには無理がある。歌が字余りになる場合、句の中に母音音節（エを除く、ア・イ・ウ・オ）を含むことが条件になるが、ミダルレドモではそれを含まず六音

になってしまうので、字余りが許される条件を満たさない。したがって、ミダルレドモの訓は考察の対象から除外される。

なお、字余りの法則にかなった句としては次のようなものがある。「乱友」と同様に第三句が字余りで、いずれも訓み方の確定している仮名書き例を示そう。

㋒世の中は恋繁《こひしげ》しゑやかくしあらば（加久之阿良婆）梅の花にもならましものを　（万五・八一九）

㋓あさりする漁夫《あま》の子どもと人は言《い》へど（比得波伊倍騰）見るに知らえぬうまひとの子と　（万五・八五三）

㋔水久君野《みくくの》に鴨《かも》の這《は》ほのす児《こ》ろが上《うへ》に（児呂我宇倍尓）言《こと》をろ延《は》へていまだ寝《ね》なふも　（万一四・三五二五）

㋕百《もも》つ島足柄小《しまあしがらを》舟《ぶね》あるき多《おほ》み（安流吉於保美）目こそ離《か》るらめ心は思《も》へど　（万一四・三三六七）

一つずつ確認すると、括弧内の原文表記に二重傍線を付したとおり、㋒には単独母音アが、㋓には単独母音イが、㋔には単独母音ウが、㋕には単独母音オが、それぞれ句の中に含まれている。けれども、ミダルレドモにはこうした単独母音が句中に存在しない。実は、この法則を発見したのは本居宣長であり、『字音仮字用格《じおんかなづかい》』(一七七六年)に簡明な文章を残している。

歌ニ五モジ七モジノ句ヲ一モジ余シテ、六モジ八モジニヨムコトアル、是レ必ズ中《ナカラ》ニ右ノあいうおノ音ノアル句ニ限レルコト也。

ところで、いまでも使われているミダリニや『源氏物語』などに例のあるミダリ心地(心を取り乱した状態)などの言葉に見られるミダリは、かつて四段に活用していた痕跡をとどめていると考えられそうな例だが、このミダリはおそらく他動詞であろう(自動詞は目的語〈……を〉をとらないのに対して、他動詞は普通目的語〈……を〉をとる)。なぜならば、下二段活用のミダルが自動詞の場合、四段活用のミダルは他動詞の可能性が大きいからだ。これは現代語の下一段活用の自動詞「乱れる」と五段活用の他動詞「乱す」の違いに相当する。

例えば古典語で、「育つ」は四段自動詞と下二段他動詞、「折る」は逆に四段他動詞と下二段自動詞といった具合に、自動詞と他動詞が、四段と下二段とでそれぞれ組になっている例は多く、それらは互いにパラレルな関係にある。次に古典語の「育つ」と「折る」を、現代語の五段動詞(「育つ」と「折る」)と下一段動詞(「育てる」と「折れる」)に直して、自動詞・他動詞と活用の種類の関係を、わかりやすく図式化してみよう。

自動詞―木が育つ（古典語だと四段活用）・木が折れる（古典語だと下二段活用）

他動詞―木を育てる（古典語だと下二段活用）・木を折る（古典語だと四段活用）

『古語大辞典』（小学館）のミダルの「語誌」に、「「乱る」には四段活用の自動詞があると考えられているが、個々の例文を検討してみると、自動詞と見なす根拠が弱く、「乱る」四段活用は他動詞のみに統一される」とあるのは正論で、四段活用のミダルは自動詞ではなく、他動詞と見て差し支えない。

結局、「乱友」をミダレドモと訓んだとしても、それは四段他動詞のミダルになるから、「笹の葉はみ山もさやに乱しているけれども」の意味になってしまい、文脈上意味をなさない。例えば、斎藤茂吉『万葉秀歌・上巻』（岩波新書、一九三八年一一月）はミダレドモと訓み、「今通っている山中の笹の葉に風が吹いて、ざわめき乱《みだ》れていても」と釈するが、これは四段他動詞ミダルを自動詞（笹の葉が乱れている）と見なしているところに無理があり、従えない。実際、近年の信頼できる注釈書で、ミダレドモの訓を採用するものはない。

何と訓《よ》むか——②マガヘドモ説

それでは、「乱友」はマガヘドモ・サヤゲドモ・サワケドモのうち、いったいどれが最適の訓なのだろうか。最初に、マガヘドモ（「入り乱れているけれども」の意）から検討しよう。マガヘドモ説は、「乱」字をマガフと訓む例が『万葉集』にあるのを主たる根拠とする。

……もみち葉《ば》の　散りのまがひに（散之乱尓）　妹《いも》が袖　さやにも見えず……
（万二・一三五）

秋山に落つるもみち葉《ば》しましくはな散りまがひそ（勿散乱曾）妹《いも》があたり見む〈一に云ふ、「散りなまがひそ（知里勿乱曾）」〉
（万二・一三七）

右の二首は、「笹の葉は……」の歌を含む石見相聞歌（一三一〜一三三番歌）と異伝の関係にある長歌と反歌だが、ここに計三回使用されている「乱」字は、注釈書が一致してマガヒと訓むとおり、問題ない。

ではここで、『万葉集』における自動詞マガフと、その名詞形マガヒの表す意味を確認するために、仮名書きの全用例を列挙しよう（原文表記は省略）。

梅の花散りまがひたる岡辺《をかび》にはうぐひす鳴くも春かたまけて　（万五・八三八）
⇩梅の花の散り乱れている岡の辺りには、うぐいすが鳴いているよ。春になって。

妹が家に雪かも降ると見るまでにここだもまがふ梅の花かも　（万五・八四四）
⇩妻の家に雪が降るのかと見間違えるほどに、こうも紛らわしく散り乱れる梅の花よ。

あしひきの山下光《やましたひか》るもみち葉《ば》の散りのまがひは今日《けふ》にもあるかも　（万一五・三七〇〇）
⇩山の日陰部分も照り輝いている。紅葉の散り乱れる盛りは、まさに今日なのだなぁ。

世の中は数《かず》なきものか春花《はるはな》の散りのまがひに死ぬべき思《おも》へば　（万一七・三九六三）
⇩この世は、はかないものだなぁ。春の花の散り乱れる時に死ぬかと思うと。

……乎《を》布《ふ》の崎　花散りまがひ　渚には　葦鴨《あしがも》騒《さわ》き……　（万一七・三九九三）
⇩……乎布の崎には花が散り乱れ、渚では葦鴨が鳴き騒ぎ……

右の例からマガフ・マガヒは、いずれも花や葉が散る動きを伴った場合に限って使用され、散ることなしに単に入り乱れるさまだけを表す例は無い。また、先に示した石見相聞歌の異伝における「乱」字で表記された三例のマガヒも、「もみち葉の散る」様子を歌っていた。

結論として、「乱友」は表記例から、マガヘドモと訓じる可能は一応ある。しかし、マガフの例がもっぱら葉などが散ることに関してのみ用いられる語であることを考慮すれば、「笹の葉は……」の場合は笹の葉が散るわけではないから、マガヘドモの訓は受け入れにくい。

何と訓《よ》むか——③サヤゲドモ説

ミダルトモ説と並び、多くの注釈書が採用するサヤゲドモ（最初に訓じたのは江戸時代末期の橘守部『万葉集檜嬬手《ひのつまで》』）の訓が成り立つかどうかを検討しよう。

サヤゲドモ説の強みは、何と言っても「葉——→サヤグ」の主語述語の関係を、『万葉集』で確認できるところにある。

葦辺《あしへ》なる荻《をぎ》の葉さやぎ（荻之葉左夜芸）……　（万一〇・二一三四）
⇩葦辺にある荻の葉がそよいで音を立て……

笹《ささ》が葉のさやぐ（佐左賀波乃佐也久）霜夜《しもよ》に……　（万二〇・四四三一）
⇩笹の葉がざわめく霜夜に……

『万葉集』に見られるサヤグは右の二例だが、なかんずく「笹が葉のさやぐ」（四四三一）が仮名書きになっているのは、サヤゲドモ説にとってたいへん力強い決め手であるかのように思われる。けれども、これはサヤゲドモ説にとって実は諸刃の剣なのである。その理由を以下に述べよう。

そもそも、「乱友」の上にある「三山毛《ミヤマモ》清尓《サヤニ》」のサヤは、「ざわめくほど」という意味を表し、動詞サヤグの語幹部分サヤに相当するものと考えられる。その根拠として、この「み山もさやに」と同じ〈……モ……ニ〉型の他の例を、『万葉集』から探し出すと、

㋖……山も狭《せ》に（山毛世尓）咲けるあしびの……　（万八・一四二八）
⇩……山も狭いほどに咲いている馬酔木の……
㋗……枕もそよに（枕毛衣世二）嘆きつるかも……　（万一二・二八八五）
⇩……枕も響くほどに嘆いたことよ……
㋘……滝もとどろに（多伎毛登杼呂尓）鳴く蟬《せみ》の……　（万一五・三六一七）
⇩……滝もとどろくほどに鳴く蟬の……
㋙……手玉《ただま》もゆらに（手珠毛由良尓）織《お》る機《はた》を……　（万一〇・二〇六五）
⇩……手の玉も鳴るほどに織っている布を……

などがある。㋖の「山も狭《せ》に」のセは動詞セクの語幹セに、㋗の「枕もそよに」のソヨは動詞ソヨグの語幹ソヨに、㋘の「滝もとどろに」のトドロは動詞トドロクの語幹トドロに、㋙の「手玉《ただま》もゆらに」のユラは動詞ユラクの語幹ユラに、それぞれ相当する。これらにならえば、「み山もさやに」のサヤは動詞サヤグの語幹サヤであると理解できよう。

さてそうなると、サヤニサヤグは副詞サヤニが動詞サヤグを修飾する形になるが、しかし、そのような結合関係、例えばソヨニソヨグだとかトドロニトドロクなどはあってもよさそうな表現なのに、文献に実例を見出せない。こういう修飾関係は、意味が重複した表現になってしまうため、おそらく実現しなかったのであろう。ただし、『古事記』に説明を要する例が一つあるので、それを吟味してみる。

……即ち其の御頸珠《みくびたま》の玉の緒《を》、もゆらに取りゆらかして（母由良邇取由良迦志而）、天《あま》照大御神《てらすおほみかみ》に賜《たま》ひて……
（記上巻・伊耶那岐命と伊耶那美命）

⇩……ただちにその御首飾りの玉の緒を、玉がさやかな音を立てるほどに取りゆらかして、天照大御神に御授けになり……

このモユラニトリユラカシテは、一見すると重複表現と言えそうな例かもしれないが、これは先の純粋な〈……モ……ニ〉型ではない。なぜかというと、「玉の緒」は「賜ひて」の目的語であるから、「珠之緒母《タマノヲモ》、由良邇《ユラニ》」ではなく、「珠之緒《タマノヲ》、母由良邇《モユラニ》」と区切らねばならないからである。新編日本古典文学全集『古事記』（小学館）の頭注（五三頁）にも、

> 「玉の緒も、ゆらに」ととる説もある。しかし、「玉の緒」は「取りゆらか」すの目的語であり、「もゆら」は「ぬなとももゆらに」（五九ページ）の例が示すように、玉の触れ合う音をいうのだから、ここでは、玉の緒を、玉が「もゆらに」音をたてるほどに取りゆらかした、の意。

という解説があり、このモユラニはユラニ（揺に）に接頭語モのついたもので、玉の触れ合う音を表す擬音語である。また、『古事記』のヌナトモモユラニ（㊟ヌナトは「玉の音《ぬなおと》」の略）は、『日本書紀』にも見られ、モユラニの語の存在は確かだ。

> ……瓊音《ぬなと》ももゆらに（奴儺等母母由羅尓）　（神代紀上・訓注）

すると、モユラニトリユラカシテという表現が問題になるわけだが、これは、

……一に云《い》ふ、「いやますますに恋《こひ》こそ増《ま》され」（万一〇・二一二二）
……子孫《うみのこ》の　いや継《つ》ぎ継《つ》ぎに　見る人の　語り次《つぎ》てて……（万二〇・四四六五）

などと等価の表現と認められる。つまり、ユラニトリユラカスではなくモユラニトリユラカスとなっているのは、単純な重複を回避した表現と見ることができ、イヤマスマスニ……マサルや、イヤツギツギニ……カタリツグにおける接頭語イヤと、モユラニの接頭語モは同じ働きをしていると見なされる。すなわち、トリユラカスを修飾するのにユラニをそのまま用いたのでは、ユラニのユラがユラカスの語幹そのものと重なってしまい、修飾語としての効果がない。そこで、状態が激しくなるのを明確に示すために接頭語モをユラニに付着させた。そうすることで、モユラニはトリユラカスを修飾することが可能となった、と解すべきであろう。加えて、モユラニトリユラカスの場合はユラカスにトリがついており、その点でも単純な重言にならぬよう、微妙に変化させた表現になっている。

したがって、実際に例を見出すことのできないサヤニサヤグだとかトドロニトドロクなどといった単なる重複表現と、モユラニトリユラカスとは本質的に異なる結合関係であって、表現

としての価値が違うと考えられる。

サヤニサヤグは重複表現となるから例が見当たらないのではないか、という筆者の見通しを裏づける、その傍証例として『万葉集』の「笹の葉は……」を本歌とする『新古今和歌集』の次の一首が参考になる。

笹の葉はみ山もさやにうちそよぎ凍《こほ》れる霜を吹く嵐かな　（新古今・六一五）

このサヤニは「ざわざわと」という意を表す擬音語で、修飾先は直後のウチソヨギである。ウチは語の調子をととのえる働きをする接頭語で、「さっと・ぱっと」のように瞬間的な動作やちょっとした何気ない動作を表す。ソヨグはサヤグの母音交替形（sayagu←→soyogu）で、「風に揺れてそよそよと音をたてる」意を表す。右の例がサヤニ（ウチ）サヤグでなく、サヤニ（ウチ）ソヨグになっているのは、完全な重複表現を避けるために母音交替の語形を用いて意図的にずらしたものだろう。そのことは、いま示した『新古今和歌集』の六一五番歌の次に置かれた、

君来ずはひとりや寝なむ笹の葉のみ山もそよにさやぐ霜夜を　（新古今・六一六）

を見ても明らかだ。今度の例はソヨニサヤグであり、先のサヤニウチソヨグと比べて修飾語と被修飾語の関係が反対になっている。どうして現代語の感覚で語調がよいと感じられるサヤニサヤグという表現をとらなかったのか。『新古今和歌集』の二首を見て、あらためてその理由をよく考えるべきであろう。

要するに、『万葉集』の「笹の葉はみ山もさやに」は、動詞サヤグの語幹を含む副詞サヤニのところで、「葉──→サヤグ」の主語述語の関係を十分とは言えないにしろ、ある程度は達成し得たと思われる。だとすれば、「笹の葉は」の述語はサヤグとは語形的にも意味的にも少々異なった語が来るのが自然だろう。それはいま確認した、『新古今和歌集』の「み山もさやにうちそよぎ」と「み山もそよにさやぐ」の重言回避のずらしを見れば、サヤニの後にサヤグが続くことは考えにくい。事実、『新編国歌大観CD－ROM版』(角川書店) で検索しても、『万葉集』の一三三番歌だけはサヤニサヤゲドモで訓読入力しているため、例として出て来るけれども、これ以外にサヤニサヤグの例は無い。よって、「み山もさやにさやげども (み山もさやぐほどにさやいでいるけれども)」は、実際の修飾表現の在り方から見て、非常に難しいと言わざるを得ない。

それと、もう一つ気になることがある。サヤグは聴覚を主とする語であるにもかかわらず、なぜ「乱」の文字を用いたのか。その点についても合理的な説明を与えにくい。『万葉集』の巻一〇は正訓字表記を主体とする巻だが、そこに見えるサヤグが、

葦辺在《アシヘナル》　荻之葉《ヲギノハ》左夜芸《サヤギ》　秋風之《アキカゼノ》　吹来苗丹《フキクルナヘニ》　雁鳴渡《カリナキワタル》　（万一〇・二一三四）

のように、わざわざ「左夜芸《サヤギ》」と音仮名（漢字の意味とは無関係に音を利用）を用いて表記しているその背景には、自立語サヤグが正訓字（漢字本来の意味に対応した訓を利用）で表記し難い事情があったからだと推察される。それは「吹来《フキクル》」や「鳴渡《ナキワタル》」といった動詞が正訓字で書かれているのに、サヤギだけが音仮名で書かれているからである。

それから、『日本書紀』の訓注に見られるサヤゲリナリの例にも注意したい。

聞喧擾之響焉　此云　左揶霓利奈離《サヤゲリナリ》　（神武即位前紀・訓注）

『日本書紀』の訓注に関しては、『古事記日本書紀必携』（学燈社、一九九五年一一月）の山口佳紀「記・紀の訓読を考える」が次のように述べる（一八頁上段）。

『古事記』は、日本語を表現する文であり、ある語の訓字表記が困難な場合には、仮名表記にすればよい。それに対して、『日本書紀』は、中国語に翻訳してしまうから、もとの日本語のニュアンスは失われる。訓注は、漢文表現に対応する日本語の表現がどんなものであるかを伝えるための注記ではないかと考えられる。

この考えによれば、サヤゲリナリを中国語「聞喧擾之響焉」に翻訳したものの、それだけでは日本語のサヤゲリナリと対応させるのが困難だと判断したため、訓注の「左《サ》揶《ヤ》霓《ゲ》利《リ》奈《ナ》離《リ》」をつけ加えたたという解釈になる。

現にサヤグが漢字表記しにくいことは、古語辞典のサヤグの見出し語を見てもそこに語義の理解の助けとなる漢字がほとんど当てられていないところからもうかがえる。サヤグに漢字の「戦」を当てている辞典も少数あるが、「戦」字は『類聚名義抄』(平安末期の漢和辞書)にソヨメクの訓があり、これがサヤグの母音交替形のソヨグに通じるところから流用されたものと察せられる。また、『時代別国語大辞典・上代編』(三省堂)を見ると、サヤグに「乱」字を当てているが、それは一三三三番歌の「乱友」をサヤゲドモと訓む立場からのものであって、それ以外の根拠はどこにも無い。

これまでの検討を通して、サヤゲドモ説には表現と表記の点から、軽視できない問題のあることが明らかになった。

何と訓《よ》むか――④サワケドモ説

最後に、サワケドモ説が成り立つか否かを確かめたい。

まず、「乱」字をサワク（注）『万葉集』ではサワクのクは清音）と訓めるかどうかだが、次の例は近年の注釈書が一致してサワクと訓む。

松浦《まつら》船《ぶね》騒《さわ》く堀江《ほりえ》の（乱穿江之）水脈《みを》速み梶《かぢ》取る間《ま》なく思《おも》ほゆるかも　（万一二・三一七三）

⇩松浦船が（梶の音高く）騒がしく漕ぐ堀江の水の流れが速いので、うまく梶を取る間もない。そのように絶え間なく家のことが思われる。

この歌は梶の音と、その梶を取る人のあわただしい動きをサワクと表現しているが、松浦船の梶の音が高かったことは、

さ夜《よ》更《ふ》けて堀江《ほりえ》漕《こ》ぐなる松浦《まつら》船《ぶね》梶《かぢ》の音《おと》高し（松浦舟梶音高之）水脈《みを》速みかも

⇩夜が更けて堀江を漕いでいる松浦船の梶の音が高い。水の流れが速いからだろうか。
（万七・一一四三）

から知られる。では、サワクに「乱」字を当てた例は、「騒《さわ》く堀江《ほりえ》の（乱穿江之）」だけかというと、そうとも限らない。次の例はどうだろうか（原文で示す）。

……旦雲二《アサクモニ》　多頭羽《タヅハ》乱……　（万三・三二四）

右の「乱」字を、従来の注釈書はミダレと訓じてあやしまない。しかし、「タヅ（鶴）――→ミダル」と歌った例はここ以外に見られず、「タヅ――→サワク」ならば確実なのが二首ある。

……可良《から》の浦にあさりする鶴《たづ》（多豆）鳴きて騒《さわ》き（佐和伎）ぬ　（万一五・三六四二）

……一に云ふ、「鶴騒《たづさわ》く（多豆佐和久）なり」　（万一七・四〇一八）

ちなみに、タヅ（鶴）ではないが、アシガモ（鴨の雅語）やアヂムラ（味鴨の群れ）など、カモ（鴨）の類に対してサワクと表現した例も存在する。

……渚には　葦鴨騒《あしがもさわ》き（阿之賀毛佐和伎）……　（万一七・三九九三）

……あぢ群《むら》の（安治牟良能）騒《さわ》き（佐和伎）競《きほ》ひて……　（万二〇・四三六〇）

このように鳥類についての用例はすべてサワクであり、ミダルを使用した確実な例は見出せない。こうした事実を踏まえれば、これまでミダレと訓じられてきた「多《タ》頭《ツ》羽《ハ》乱」の「乱」字は、サワキ（騒き）に改めるべきだろう。この改訓に関しては、佐佐木隆「『万葉集』訓読の再検討」（『国文学・解釈と鑑賞』四一巻一〇号、一九七六年八月）が、すでに提唱している。もしこれが承認されるならば、先の「乱《サワク》穿江《ホリエ》之《ノ》」と合わせて、『万葉集』で「乱」字をサワクに当てたのは二例となる。

ところで、今日我々はサワグに「騒」という漢字を常用しているが、『万葉集』では、

……夕霧《ゆふぎり》に　かはづは騒《さわ》く（河津者驟）……　（万三・三二四）

潮干《しほふ》れば葦辺《あしへ》に騒《さわ》く（葦辺尓⿰足參）白鶴《しらたづ》の……　（万六・一〇六四）

葦鶴《あしたづ》の騒《さわ》く入江の（颯入江乃）……　（万一一・二七六八）

……漕《こ》ぐ船の船人騒《ふなびとさわ》く（船人動）波立つらしも　（万七・一二二八）

松浦船《まつらぶね》騒《さわ》く堀江《ほりえ》の（乱穿江之）水脈《みを》速み……　（万一二・三一七三）
……五月蝿《さばへ》なす　騒《さわ》く舎人《とねり》は（驟驂舎人者）……　（万三・四七八）
……鮪釣《しびつ》ると　海人《あま》舟騒《ぶねさわ》き（海人船散動）……　（万六・九三八）

のように、サワクに当てられる漢字は何種類（驟・[illegible]・颯・動・乱・驟驂・散動）もあって、それほど固定的ではなかった。

次いで、サワクの使われる場面や状況を見ると、

……石走《いはばし》る　近江《あふみ》の国の　衣手《ころもで》の　田上山《たなかみやま》の　真木《まき》さく　檜《ひ》のつまでを　もののふの　八《や》十《そ》宇治川《うぢかは》に　玉藻《たまも》なす　浮かべ流せれ　そを取ると　騒《さわ》く御民《みたみ》も（散和久御民毛）　家《いへ》忘れ　身もたな知らず……　（万一・五〇）

⇩……近江の国の田上山の檜の角材を八十宇治川に浮かべて、流していることだ。それを取ろうと騒がしく立ち働く御民も、家族のことを忘れ、自分のことなど少しも考えず……

のように、大勢の人達が声を上げる「音」と、入り乱れて立ち働く「形」をほぼ半々に表した

サワクもあれば、

鳥じもの海に浮き居《ゐ》て沖つ波騒《さわ》くを聞けば（驂乎聞者）あまた悲しも　（万七・一一八四）

⇩鳥のように海に浮かんでいて、沖の波が騒ぐのを聞くと、ひどく悲しいことよ。

のように、波の動きよりも、「音」の響く様子をとらえた聴覚中心のサワクもある一方で、

あしひきの山にも野にもみ狩人《かりびと》さつ矢《や》手《た》挟《ばさ》み騒《さわ》きてあり見ゆ（散動《サワキ》而《テ》有所《アリミ》見《ユ》）　（万六・九二七）

⇩山にも野にも狩人が矢を手に挟んで騒がしく駆け回っているのが見える。

のように、狩人の掛け声よりも、動く「形」の入り乱れた様子をとらえた視覚中心のサワクも見える。新編日本古典文学全集『万葉集』の九二七番歌の頭注に、

○騒きてあり見ゆ—サワクは音響として捉えられる鳴動や音声ばかりでなく、目に見える躍動や雑踏などの物の激しい動きをも兼ねて表すことが多い。

と解説を付すとおり、いずれの場合も程度の差こそあれ、サワクは「音響」と「動作」を同時に表現し得る語と認められる。

そこで、「乱友」をサワケドモと訓めば、多数の笹の葉がすれ合って出す「音」と、笹の葉が風に吹かれて入り乱れる「形」の双方を過不足なく描写できる。また、笹の葉が風に吹かれて山一面にざわめく光景は、

……風吹けば　白波《しらなみ》騒《さわ》き（白波左和伎）……　（万六・九一七）

……朝風に　浦波騒《さわ》き（浦浪左和寸）……　（万六・一〇六五）

などの風で波がサワク自然現象と相通じよう。

それに何よりも、「笹の葉は……」と構造および発想が酷似した次の二首を見ると、第三句は共にサワケドモである。

㋚高島《たかしま》の阿曇《あど》白波《しらなみ》は騒《さわ》けども（動友）我は家思ふ廬《いほ》り悲しみ　（万七・一二三八）

㋛高島《たかしま》の阿曇《あど》川波《かはなみ》は騒《さわ》けども（驟鞆）我は家思ふ宿《やど》り悲しみ　（万九・一六九〇）

㋚と㋛は類歌の関係にある（両歌の比較は第二章で行う）が、特に㋛が人麻呂歌集採録歌である点は注目に値しよう。もっとも、二首の第三句をサワクトモと訓じるテキストもあるが、下の句が現在を表すから、トモで訓むのは時制が一致せず無理であろう。この問題については、本章ですでに検討済みである。なお、㋛はドモに「鞆」字を当てたことになるが、「鞆」字をドモに用いた例はほかにもある。注釈書間で訓みの一致している例を示そう。

粟島《あはしま》に漕《こ》ぎ渡らむと思へども（思鞆）明石《あかし》の門波《となみ》いまだ騒《さわ》けり　（万七・一二〇七）

時ならぬ斑《まだら》の衣《ころも》着《き》欲《ほ》しきか島の榛原《はりはら》時にあらねども（時二不有鞆）　（万七・一二六〇）

もみち葉のにほひは繁し然れども（然鞆）妻梨の木を手折りかざさむ　（万一〇・二一八八）

検討の結果、サワケドモが最も無理の少ない訓という結論に至った。

一首の解釈

「乱友」をサワケドモと訓み、一首の解釈を試みるが、その前に「笹の葉は……」の第二句

「三山毛清尓《ミヤマモサヤニ》」を模倣したとされる笠朝臣金村《かさのあそみかなむら》の長歌の冒頭を見ておきたい。

あしひきの　み山もさやに（御山毛清）　落ち激《たぎ》つ（落多芸都）　吉野の川の　川の瀬の
清きを見れば……　　　　　　　　　　　　　　　　　　　　　　　　　　　（万六・九二〇）
⇩山もざわめくほどに激しく流れ落ちる吉野の川の川の瀬の清らかなのを見ると……

これは山もざわめくほどに落ちてわきかえる吉野川の清涼感あふれる情景を詠じた歌だが、ここで傍線を引いたサヤニ（清）に注目したい。この「み山もさやに」は、〈AモBニ〉型が「AもBするほどに」の意を表すので、「山もざわめくほどに」の意味になる。ただ、ここに「清」字を用いた理由は、山もざわめく状態が「さわやかな・すがすがしい」風景であることを伝えたかったからだろう。こういう視点をもてば、

笹の葉はみ山もさやに（三山毛清尓）騒けども我は妹思ふ別れ来ぬれば

における「清」字の果たす役割も九二〇番歌の場合と同様に、笹の葉が山もざわめくほどに音を立てて入り乱れて動く様子が、さわやかな風景であることを明確に打ち出そうとした表記者

の工夫で、それを「清」字に託したと読み取れる。そして、この「笹の葉は……」は次の歌と構造や発想の点で重なる。

秋の野をにほはす萩《はぎ》は咲けれども見るしるしなし旅にしあれば　（万一五・三六七七）

⇩秋の野を彩る萩は咲いているけれども、見る甲斐もない。妻のいない旅なので。

すなわち、上の句の「秋の野をにほはす萩は咲けれ」と「笹の葉はみ山もさやに騒け」は、すがすがしい美景で、通常ならばどちらも心を和ませてくれる。それをドモで受けることで、心地よい環境にいるにもかかわらず、「見るしるしなし」や「我は妹思ふ」状況なのである。普通なら美しい風景に自然と気持ちがひかれて、「見るしるしあり」や「我は妹思はず（景観を楽しめる）」となるはずなのに、そうはならない。何がそうさせるのかというと、愛する妻と一緒でないからで、それは結句の「旅にしあれば」「別れ来ぬれば」と歌う作者の置かれている現状から明らかだ。せっかく望ましい環境下にいるのに、作者にとっては妻のことばかりが思われてならない、どうしても心の晴れない、つらくて仕方のない旅路なのである。

そして、「我は妹思ふ」の「思ふ」の具体的な内容は、

……玉藻なす　寄り寝し妹《いも》を　露霜の　置きてし来れば　この道の　八十隈《やそくま》ごとに　万度《よろづたび》
かへり見すれど　いや遠《とほ》に　里は離《さか》りぬ　いや高に　山も越え来《き》ぬ　夏草の　思ひしなえ
て　偲《しの》ふらむ　妹が門《かど》見む　なびけこの山　（万二・一三一）

⇩……玉藻のように私に寄り添って寝た妻を置いて来たので、この道の曲がり角ごとに何度も何度も振り返って見るけれども、いよいよ遠く里は離れてしまった。いよいよ高く山も越えて来た。思いしおれて私を偲んでいるであろう妻の家の門を見たい。平らに靡けこの山よ。

という長歌の後半部がそれに照応し、残して来た妻への切ない思いが心全体を占めている。

ところで、ここで確かめておきたいことがある。それは今日のサワグはどちらかといえば、「やかましい音を立てる」とか、「多くの人達が不平不満等を訴える」などといった否定的な意味合いが強い（もちろん、「今夜はパーッと騒ごう」のような肯定的なサワグもある）のだが、万葉歌のサワクは好ましくない意味に必ずしも偏ってはいなかった。例えば次の、

……渚には　あぢ群《むら》騒き（佐和伎）　島廻《しまみ》には　木末《こぬれ》花咲き　ここばくも　見のさやけき
か（見乃佐夜気吉加）……　（万一七・三九九一）

⇩……渚にはあじ鴨が騒ぎ、島辺には梢に花が咲き、これほどによい眺めがほかにあるだろうか……

……渚には　葦鴨《あしがも》騒き（佐和伎）　さざれ波　立ちても居《ゐ》ても　漕ぎ巡《めぐ》り　見れども飽かず（美礼登母安可受）……（万一七・三九九三）

⇩……渚には葦鴨が騒ぎ、さざ波が立つように立っても座っても、漕ぎ巡って、いくら見ても見飽きない……

のように、気の晴れるプラスイメージの文脈（よい眺めがほかにあるだろうか・いくら見ても見飽きない）に使用される反面、

粟島《あはしま》に漕ぎ渡らむと思へども明石《あかし》の門波《となみ》いまだ騒《さわ》けり（佐和来）（万七・一二〇七）

⇩粟島に漕ぎ渡ろうと思うけれども、明石海峡の波はまだ騒いで荒れている。

防人《さきむり》に発《た》たむ騒《さわ》き（佐和伎）に家の妹《いむ》が業《な》るべきことを言はず来《き》ぬかも（万二〇・四三六四）

⇩私が防人に出発する騒ぎに（沈み埋もれて）、家の妻がすべき仕事を言わずに来てしまったなぁ。

のように、行動を妨害するマイナスイメージとしても用いられる。こうした例から、サワクの意味そのものはニュートラルであり、使われる場面や状況によって肯定的な「快」にも、否定的な「不快」にもなることがわかる。「笹の葉はみ山もさやに騒《さわ》け……」の場合はすでに説明したとおり、サヤの「清」字の表すプラスのイメージから、好ましい風景で解釈しておくのが穏当であろう。

結論として一三三番歌の私解は、「笹の葉は山もざわめくほど爽快に騒いでいる（美景だ）けれども、愛する妻と別れて来たので、それを全然楽しめず妻を思ってつらい」となる。

おわりに

本章の結論、サワケドモ説を最初に唱えたのは賀茂真淵『万葉考』であった。しかし、江戸時代には万葉仮名の清濁に関する研究が、あまり進んでいなかったこともあり、サワゲドモと濁音で訓じている。『万葉考』以降は、橘（加藤）千蔭『万葉集略解』、井上通泰『万葉集新考』、島木赤彦『万葉集の鑑賞及び其批評』などに踏襲されたくらいで、サワケドモの訓は現在ほとんど支持されていない。支持されない最大の理由は葉に対してサワクと表現した例が上代の文献に見当たらないからである。確かにそれはサワケドモ説にとって弱点と言えよう。けれども、「葉──→サワク」の可能性を示唆する表現例がないわけではない。『万葉集』に、

玉衣《たまぎぬ》のさゐさゐ（狭藍左謂）しづみ家の妹《いも》に物言はず来《き》にて思ひかねつも（万四・五〇三）

⇩ざわめきの中に沈み込んで、家の妻に言葉も交わさずに来てしまったので、恋の思いに耐えかねることよ。

という人麻呂の歌がある。このサヰサヰは衣のすれ合う音を表した擬音語で潮騒のサヰと結びつき、サワクの語幹サワとも同源（語根はsaw-）と考えられる。また、右の五〇三番歌の類歌である人麻呂歌集採録歌のほうでは、

あり衣《きぬ》のさゑさゑ（佐恵佐恵）しづみ家の妹《いも》に物言はず来《き》にて思ひ苦《ぐる》しも（万一四・三四八一）

⇩ざわめきの中に沈み込んで、家の妻に言葉も交わさずに来てしまったので、心苦しいことよ。

で、サヱサヱとなっている。
サヰサヰシヅミもサヱサヱシヅミも、どちらも旅立ち前のざわめきの中に沈み埋もれる状況を歌っているのであろう。それは、「私が防人に出発する騒ぎに（沈み埋もれて）、家の妻がすべき仕事を言わずに来てしまったなぁ」と歌う次の例から推察できる。

防人《さきむり》に発《た》たむ騒き（佐和伎）に家の妹《いむ》が業《な》るべきことを言はず来《き》ぬかも

（万二〇・四三六四）

また、『古事記』の歌謡に見られるサワサワニは、大根の葉ずれの音を表している。

つぎねふ　山代女《やましろめ》の　木鍬《こくは》持ち　打ちし大根《おほね》　さわさわに（佐和佐和邇）……

（記・歌謡六三）

なお、時代はくだるものの、「楢《なら》の葉さわぐ」と歌う『夫木和歌抄』（一三一〇年頃成立）の例は、サワケドモ説にとって心強い。

深山辺《みやまべ》の楢《なら》の葉さわぐ初時雨《はつしぐれ》いくむら過ぎぬ明け方の空　（夫木・六四〇一）

こうした例から、山一面の笹の葉が風に吹かれてすれ合い、音を立てて入り乱れて動く状態をサワクと表現することは、『万葉集』という歌の世界において、まったくあり得ない主語と述語の関係だとは思えない。つまり、「葉――→サワク（鳴動する）」は決して不自然な表現ではなく、意味的な不整合も、これといってないはずである。

以上考察の結果、語法・文字・意味のそれぞれの面から客観的に判定していくと、「乱友」はサワケドモで訓むのが最善である、と結論づけられよう。奈良時代の和歌の語法に反して、「乱友」の「友」字をトモと訓んだり、サヤニサヤグという実例の見られない重複表現を承認することのほうが、無理があると考える。

それから、よく歌を鑑賞する際に、「ササノハハミヤマモサヤニミダルトモ」のサとミの音が交互に響き合うのがよいとか、または「ササノハハミヤマモサヤニサヤゲドモ」のサの音の繰り返しが美しいとか、そういう理由でもって、それらの訓に魅力を感じると主張する向きもあるようだが、しかし、そのような見方は訓みを決定する場合には、それほどの根拠にはなり得ないと思われる。なぜならば、それはあくまでも訓んだ結果の主観的な印象に過ぎないからである。

当然のことだが、文献資料に例のあるものは証拠として示せる。けれども逆に、その時代にある言い方が本当に存在しなかったと証明することは、ほとんど不可能に近い。結局我々は、与えられた条件（限りある文献資料）のもとで、どちらの蓋然性がより高いか低いかを確認しつつ、決定していく以外に方法はないのである。

先行研究との関係

本章を執筆する際に参照した研究書・論文を、刊行・発表された順に列挙した上で、私見と先行研究の関係について明らかにしておく。なお、私見を公表した最初は、一九八五年一〇月一二日に、宮城学院女子大学で開催された秋季国語学会の研究発表で、題目は「「小竹《ささ》之《の》葉《は》者《は》三《み》山《やま》毛《も》清尓《さやに》乱友」（万葉集一三三番）の訓と釈について」であった。

(1)北島葭江「「さやにさやぐ」に就いて」（『文学』三巻二号、一九三五年二月）
(2)澤瀉久孝『万葉古径』（弘文堂書房、一九四一年六月）所収「み山もさやにさやげども」
(3)江湖山恒明「「乱友」の訓み方に就いて」（『国語と国文学』二一巻八号、一九四四年八月）
(4)大野晋「柿本人麿訓詁断片（四）」（『国語と国文学』二六巻一〇号、一九四九年一〇月）

(5)亀井孝「柿本人麿訓詁異見」(『国語と国文学』二七巻三号、一九五〇年三月)
(6)山崎良幸「「ささの葉はみ山もさやに」の歌について」(『解釈』一五巻七号、一九六九年七月)
(7)佐竹昭広『万葉集抜書』(岩波書店、一九八〇年五月)所収「訓詁の学」
(8)塩谷香織「ささの葉はみ山もさやに乱るとも」(『万葉集研究』第一二集、一九八四年四月)
(9)尾崎暢殃「み山もさやに」(『国学院雑誌』八五巻一〇号、一九八四年一〇月)
(10)鉄野昌弘「人麻呂における聴覚と視覚」(『万葉集研究』第一七集、一九八九年一一月)
(11)駒木敏「小竹《ささ》の葉のさやぎ――『万葉集』巻二・一三三番歌解――」(『同志社国文学』三八号、一九九三年三月)
(12)塩沢一平「「小竹の葉はみ山もさやにさやぐとも」」(『上代文学』七八号、一九九七年四月)
(13)池上啓「『万葉集』一三三番歌の構造に関する一考察」(『作新学院女子短期大学紀要』二一号、一九九七年一二月)
(14)工藤力男「人麻呂の文字法――みやまもさやにまがへども――」(『文学・季刊』一〇巻四号、一九九九年秋)

⒂佐佐木隆『上代語の表現と構文』（笠間書院、二〇〇〇年四月）所収「み山も清にさやげども…」

以上の論考が本書の内容とどのように関わるのか、テーマごとに見ていくことにする。

論考⑹は、接続助詞のトモとドモがいかなる語と応じているかを調査した上で、「乱友」の「友」字はドモと訓むべきことを簡潔に指摘している。本章では、それを徹底的に再確認するとともに、歌の構造面からもドモと訓む結論に達した。

論考⑵は、「松浦《マツラ》舟《ブネ》　乱《サワク》穿江《ホリエ》之《ノ》　水《ミ》尾《ヲ》早《ハヤミ》」（万一二・三一七三）の「乱」字をサワクと訓み得ることを入念に論証している。

論考⑷は、「み山もさやに」のサヤが動詞サヤグの語幹部分に相当するので、サヤニサヤグでは重複表現になって表現として意味をなさなくなるという見解を示した。本章では、サヤニサヤグ式の重複表現が回避された『新古今和歌集』の例を分析した上で、サヤゲドモ説は成立し難いとの判断を下した。

論考⑸は、契沖や岸本由豆流のマガヘドモ説を支持し、笹の葉の視覚的な印象を歌ったものという立場から鑑賞を試みる。論考⒁は、人麻呂の文字法という視座からマガヘドモを妥当として、次のように解釈する。

笹の葉は、山中を澄んで明るい感じで満たして激しく交叉するが、わたしは妻を思っている。別れて来たばかりなので。

本章では、「乱」字をマガフと訓じることに関しては問題がないものの、「笹の葉は……」の歌の場合にはマガフは文脈上ふさわしくないことをもって退けた。

論考⑴と⑺は、どちらもサヤゲドモと訓み、「笹の葉は……」の上の句を晴れた日の明るいさわやかな風景と見て解釈を行った。しかし、それとは逆に論考⑼は、旅人の夜の歌と解する『山本健吉全集・第二巻』（三〇〇頁）の鑑賞文に示唆を受けて、独自の論を展開している。本章では、風に吹かれる笹の葉のさやさやという葉ずれの音を表記した「清」字に注目・重視することで、すがすがしい風景である可能性が大きいと論じた。笹山の様子をさわやかと見るか、不穏な様子と見るかは、サヤゲドモと訓む近年のテキスト間にも見られる解釈上の相違点であり、例えば、一九九四年五月に刊行された新編日本古典文学全集『万葉集』の頭注を見ると、左記のように上三句を「無気味な山中の感じを表す」として、下二句を「それにもかかわらず一心不乱に妻を思う故にぜんぜん不安を覚えない」と解釈している。

み山もさやに—サヤニは、はっきりと、目にも鮮やかに、の意。ここは山道の笹原の風に吹かれて発する葉ずれの音、さやさや、をも写している。〇さやげども—サヤグはソヨグと同じく顫動《せんどう》する意。ここは全山を蔽う笹の葉が乱れて鳴り響き、無気味な山中の感じを表す。しかし、逆接の「ども」がついて、それにもかかわらず一心不乱に妻を思う故にぜんぜん不安を覚えない。↓一二三八（阿渡白波は騒けども）。

これに対して、同じくサヤゲドモ説を採用する、一九九九年五月刊行の新日本古典文学大系『万葉集』の脚注を見ると、こちらは「晴れやかな外界の明るさと、晴れやらぬ内界の暗さの対照」という、正反対の読み取りをしている。

上三句に外界の明るさを描写し、接続助詞「ども」で反転して下二句に作者の内界の暗さを述べた。晴れやかな外界の明るさと、晴れやらぬ内界の暗さの対照は、「朝日照る島の御門におほほしく（鬱悒）人音もせねばまうら悲しも」（一八九）の上二句と下三句との関係にも似ている。「さやに」は「さやさやと」という竹葉のそよぐ擬音。この音の印象から派生する「清く明るい」共感覚的視覚印象を、原文では「清」の文字をもって記してある。「さやげども」の原文「乱友」は、「まがへども」「みだるとも」「みだれども」と訓む説、その他異説が多い。新古今集・羇旅に、「ささの葉はみ山もそよに乱るなり我は妹おもふ別れきぬれば」という形で載る。

一方、サヤゲドモと訓じる論考⒂は、作者の心情的な背景を、

……普段は「清に」と形容される、人々に爽快感をあたえるはずの「小竹の葉」ではあるが、それもいまの作者にとってはそのような感覚をさそうものではないから「吾は妹思ふ」のである。通常ならば讃美の対象となるべき「黄葉の散りの乱ひ」と「小竹の葉のさやぎ」とを、「この山」に属するこのましくないものとして表現することによって、別離の悲哀と「妹」に対する執心とを表現したのだとみられる。「小竹の葉はみ山も清にさやげども―吾は妹思ふ」の「ども」は、そういう心情的な背景からうまれた表現なのであろう。

と推量した上で、次のように述べる。

「小竹の葉はみ山も清にさやぐ」という現象を当時の人々がこころよいものととらえてい

たからここもそういうニュアンスをふくむと解すべきだという説も、当時これを不気味な現象ととらえていたからここもその線で解すべきだという説も、また「さやぐ」と「思ふ」とを明・暗の対比としてもちだしたのだとみる説も、みな見当ちがいであろう。

筆者はサワケドモ説を支持するが、本章の「一首の解釈」のところで述べたように上三句をさわやかな風景ととらえ、そのような環境下にいるのにそれを楽しめず、下二句でどうしても別れて来た妻のことばかりが思われる、という解釈である。

論考(3)は、陽性母音(a・u・o)と中性母音(i)と陰性母音(e)がいかに選択されるのか、という観点(一首のもつ声調)からサヤゲドモ説を是とする結論に至るが、こういった議論は多くの場合恣意的なものに陥りやすく、言語学的には「乱友」の訓み方を決定する場合に特別有効でないと考えられる。ただし、歌の鑑賞を行う際の一つの視点となることまでは、もちろん否定しない。

論考(8)は、「乱」字はサヤグで訓み得ないという結論(その部分は筆者も賛成)を、実例に基づきながら慎重に導き出し、最終的にミダルトモを最適の訓とする。その際、トモを通説の「逆接仮定条件」と見なすのは適切でないと述べる。結論として、トモの上は他の状況と言い換えても本質的には一向に差し支えなく、一首の本質はトモの下にあると考え、トモを「強調比喩表現」の助詞と定義する。その上で、一首を次のように口語訳する。

小竹の葉は全山サヤサヤと音がするほどに乱れることがあろうと（そのように他の全てのものが心乱れることがあろうと）、この私は一心不乱に妹を思う、別れて来てしまったのだから。

しかし、「我は妹思ふ」を、「一心不乱に妹を思う」と解するのは腑に落ちない。愛する妻と別れて来た作者の心は当然乱れに乱れているはずで、それをあたかも意識して心を乱さず、集中して妻を思うというような心理状態は理解に苦しむ。

論考⑽は、「笹の葉は……」の歌を軸に、人麻呂における視覚と聴覚の表現をめぐって詳細に考察したもので、結論は論考⑻の「強調比喩表現」を認めたミダルトモである。本章では、トモとドモが『万葉集』でどういった語と呼応しているのかという形式面からトモを否定し、ドモと訓じるべきだという結論に達した。

論考⑾は、サヤゲドモ説を支持し、「笹の葉がサヤニサヤグ景とは、心を浮き立たせ、弾ませ、生命の躍動を促すような、肯定的感覚を誘発するそれであったとすべきであろう。明澄・清爽な語感がそこには認められる」と述べ、ミダルトモ説には否定的な見方をする。中でも、論考(8)の解釈に対して、「ミダルによって引き出されるのは「恋による心のミダレ・思いのミダレ」であるはずなのに、別れ来て妻を「思ふ」主体に「思いのミダレ」はないのだろうか」と疑問を投げかける点は、筆者も同感である。

論考(12)と(13)は、共に前件と後件の意味的関係をととのえようとするもの。(12)は上三句を「再会期しがたい妹の喪失を笹の葉のさやぎというネガティブな予兆として機能する措辞」とし、サヤグの語感に「忌むべき事態の予兆」を認めた上で、サヤグトモと訓み、

笹の葉は、全山にわたって清かに葉擦れの音を立てながら妹が自らのもとから永遠に失われて行こうとしていることを告げていても、我は妹を思うことによってその妹を我が前に引き寄せる。既に別れてきてしまったので。

と解釈できるのではないだろうかと結ぶ。しかし、サヤグトモが、どうして「告げていても」と解釈できるのかが、筆者にはわからない。論考(13)は(12)について、その「注」で、

この解釈では、第5句の「別れ来ぬれば」が上3句と意味的に重複することになり、その存在理由が説明しにくくなると思う。塩沢は、いわゆる「見納めの山」を越えて来てしま

った人麻呂にとっては「見る」ことによって妹を目の当たりにすることが叶わず、そうである以上「思ふ」という代替行為によって妹を現前させようとする以外ない、という意味の説明をしているが、やはり第5句が訳の中で浮き上がる感は免れない。

と述べる。その⒀はサヤゲドモ説だが、「小竹の葉がさやぐ」を夜の形容と見なして、「眠れない」が省略されたと考え、

　夜だけれども眠れない。そこで、妹の体の温もりがないその寒さに改めて妹を思う。別れ来ぬれば。

と解釈するが、これは省略された語が果たして必然的に補い得るのか、疑わしい。ちなみに、論考⒂は⒀の省略説に検討を加え、無理な考えであると断定している。

なお、論考⑿は、「人者《ヒトハ》縦《ヨシ》　念息《オモヒヤム》　登母《トモ》　玉縵《タマカヅラ》　影尓《カゲニ》所見《ミエ》乍《ツツ》　不所忘鴨《ワスラエヌカモ》」（万二・一四九）の歌を取り上げ、これはトモが現在の事柄を表す語と呼応している例と考え、それを根拠にトモの下に「我は妹思ふ別れ来ぬれば」が来ても差し支えないと言う。しかし、日本古典文学全集『万葉集』の一四九番歌の頭注を見ると、

思ひやむとも―思ヒヤムは思うことをやめるの意を主語述語の関係で表わしたもの。トモは逆接仮定条件で、普通は推量や意志・命令などで応じるが、ここは、「忘らえぬかも」という断定的表現と応じている。おそらくヨシとの呼応のため下へ続く力が弱まったのであろう。

という説明があり、新編日本古典文学全集『万葉集』のほうでも、「トモは仮定の逆接条件を表すが、ここは事実不定的に用いた」と説く。「事実不定的に用いた」とはどういうことか。木下正俊『万葉集語法の研究』(塙書房、一九七二年九月)は、「条件法に関する訓釈」の中で、「乱友」の訓読と「事実不定」に関連して、こう論じている。

仮にトモとすると、後件の「妹を思ふ」との関係から考えて、まず非完了性と見るべきもののようで、ここは、そのうちでも⑵「事実不定」の

人はよし思ひ止むとも玉かづら影に見えつつ忘らえぬかも (巻二・一四九)

に近い表現と解することになるのではなかろうか。この「思ひ止むとも」は、他人の心理を思い遣ったのであるから、「思い止めたかどうかは知らないが」という意味だと解され

る。しかし、それをここに移して、眼前の光景の、全山さやさやと音を立てている笹の葉の音を聞きその動きを目に見て「乱れているかどうか知らないが」と表現するのは無理なようである。『代匠記』精撰本も

古点（木下云、ミダルトモをさす、ミダルトモは仙覚によれば古点であったらしい）ハ仮令ノ意ニテ下句叶ハス

と言っている。やはり、確定と見て、サヤゲドモと読むほうが合理的である。

繰り返しになるが、トモとドモの呼応する語は、それぞれ顕著な差が認められる。その截然とわかれている構文的・語法的事実を正面から否定することなく、ごく少数の例外とおぼしき不確実な用例を根拠にして、そこから拡大解釈を行うことの危うさに対する認識を持つべきであろう。

ところで、「笹の葉は……」の歌は、石見相聞歌の第一群（一三一・一三二・一三三）と、第二群（一三五・一三六・一三七）の結び目に位置するところから、これら一連の歌群の中に正しく位置づけた上で、さらに広い角度から検討して、解釈する必要があるという意見も当然出てくると思われるが、その点については今後の課題としたい。

この歌に関する論考は非常に多い。次なる論が必ずや提出されるはずである。

第二章　「宿《やど》り悲しみ」と「廬《いほ》り悲しみ」

——波が騒ぐ川岸の旅愁

はじめに

第一章では、人麻呂の「乱友」はサワケドモと訓じるのが最適との判定を下した。その際、構造と発想のよく似た二首が、同じサワケドモである点に着目した。

☆笹の葉はみ山もさやに騒けども（乱友）我は妹思ふ別れ来ぬれば　（万二・一三三）
ⓐ高島の安曇《あど》川波《かはなみ》は騒けども（驟鞆）我は家思ふ宿《やど》り悲しみ　（万九・一六九〇）
ⓑ高島の安曇《あど》白波《しらなみ》は騒けども（動友）我は家思ふ廬《いほ》り悲しみ　（万七・一二三八）

これら三首の第四句を見比べると、☆の「我は妹思ふ」が、ⓐⓑでは「我は家思ふ」になっている。なぜか。それは結句を見ればすぐ解決する。☆は「別れ来ぬれば」なので「妹」と、ⓐⓑは「宿《やど》り悲しみ」「廬《いほ》り悲しみ」だから「家（実際には留守宅の妻をさすのだが）」と、それぞれ相応じたのだ。

いまの例は一目瞭然、単純明快な対応関係だが、微妙に相違する歌詞をつき合わせ、相互に比較することで、一首を見ていただけでは気づかなかった、味わい深い鑑賞が可能となる場合がある。第二章では、その話をしようと思う。

そこで再び、ⓐⓑを見ると、第二句の「川波《かはなみ》」と「白波《しらなみ》」、結句の「宿《やど》り」と「廬《いほ》り」しか違わない。この異なる歌詞が、一首におよぼす影響はいったいどれほどのものなのか。従来、こうした視点からの分析は不十分だった。このちょっとした表現上の差異を十分に考慮・反映させて解釈しなければ、歌意を正しく細やかに理解したことにはならない。

なお、第三句の原文は、ⓐ「驟鞆」、ⓑ「動友」なので、「騒くとも」と訓じるテキストもある。しかし、第一章で述べたように、ⓐⓑの第四句「我は家思ふ（私は家を思っている）」は現在形の表現だから、逆接確定の「騒けども」がふさわしい。そうすると、ⓐⓑの文構造は「……ども……悲しみ」になるが、これと同じ「……ドモ……ミ語形」は他の歌にも類例が見出せるのに、「……トモ……ミ語形」のほうは例が無く、この点からも「騒けども」の訓みが妥当となる。参考までに、ドモの下に形容詞ナシ（無）のミ語形ナミが来た歌を示しておく。

立ち反《かへ》り泣けども（杼毛）我《あれ》はしるしなみ（奈美）思ひわぶれて寝《ぬ》る夜《よ》しそ多き

（万一五・三七五九）

⇩繰り返し泣くけれども、私は甲斐がないので、思いしおれて寝る夜が多いことよ。

以下、この章では類歌の関係にあるⓐⓑについて、じっくりと考えたい。

様々な解釈

まず、ⓐを見ることで問題点を明らかにしよう。この歌を現代語に直訳すれば、こうなる。

ⓐ高島の安曇《あど》川波《かはなみ》は騒けども我は家思ふ宿《やど》り悲しみ　（万九・一六九〇）

⇩高島の安曇川波は騒いでいるけれども、私は家を思う。旅の宿りが悲しいので。

上三句で風景を歌い、下二句で心情を歌う。一見して難なく理解できるではないかと思ってしまう。ところが、複数の注釈書で歌意を確かめると、必ずしも一定していない。どこが問題かと言えば、第三句のドモの上と下、つまり前件と後件の意味的なつながりをどう見るかで、解釈が揺れ動くのである。どのように異なるのか、現代語訳を並べて紹介しよう。【　】内を見れば、違いがわかる。

⑴高島の安曇川波は騒いでいるけれども、私は【心地よい波の騒ぎを楽しめず】家を思う。

旅の宿りが悲しいので。

⑵高島の安曇川波は騒いでいるけれども、私は【不安にさせる波の騒ぎに心を向けず】家を思う。旅の宿りが悲しいので。

⑶高島の安曇川波は騒いでいるけれども、私は【心も騒がず】家を思う。旅の宿りが悲しいので。

⑷高島の安曇川波は騒いでいる【乱雑（動）】けれども、私は家を思う【寂寥《せきりょう》感（静）】。旅の宿りが悲しいので。

ところで、ⓐの歌をめぐって論じた研究に、池上啓「『万葉集』一六九〇番歌に関わる逆接表現の問題」（『作新学院女子短期大学紀要』二二号、一九九八年一二月）がある。そこでは⑴〜⑷の解釈がすべて否定されている。理由は左記のとおり。

⑴と⑵については、「波が騒いでいれば、ふつうは（それに紛れて）家を思わないものだという前提が存在することになるが、そのような前提は通常あり得ない」と言い、「波の騒ぎ」がプラスイメージであれ、マイナスイメージであれ、無理だと考える。

⑶については、「「我は家思ふ」の部分が本当に「心もさわがず家を思っている」状態なのかが問題である。心乱れて家を思っている可能性のほうが高いのではないか。この点が解決しな

い限り、この解釈を受け入れるわけにはいかない」と述べる。

(4)については、「仮に「乱雑↔寂寥感」という対比を認めるとして、それが何故逆接で結ばれるのかということである」と疑問を投げかけ、万葉歌におけるドモによる対比表現を分析した結果、「「波は騒けども我は家思ふ」という表現は逆接で結ばれることが許される条件を備えていないと見るべきである」と結論を下す。

最終的に池上論文はこれまでの解釈の仕方に対して、「「波が騒く」ことと「我は家思ふ」ことを逆接で結ばれた前件―後件という関係で捉えることは不可能である」と断言し、「騒けども」の後件に「この旅は続く」が省略されているものと想定し、奇抜な解釈を提唱した（左にそのまま引用する）。

川波は騒いでいるけれど（つまり困難な旅だけれど）［この旅は続く］。そのような覚悟の上で、我は家を思うやどり悲しみ

しかし、「川波は騒いでいるけれど（つまり困難な旅だけれど）」と「［この旅は続く］」のつながりが、筆者にはよくのみこめない。右の訳文を凝縮させると、「悪条件の旅なのに↓旅は続く」になるが、ここは「悪条件の旅なので↓（思うように進めず）旅は続く」と順接で結ぶ

ほうが自然とも思える。もし、逆接で意味を通すならば、「悪条件の旅なのに↓（中止せず）旅は続く」であろうか。つまるところ、「この旅は続く」の中身（長引くのか、強行するのか）が説明不足で不明確なため、真意がわからない。

そもそも、この後件省略説は、「騒けども」と「我は家思ふ」がつながらないとするところからひねり出された、言わば作業仮説であり、「波が騒ぐ」と「家を思う」が逆接関係で理解できれば問題は解決するのだから、原点に立ち返って考え直したい（逆接で解釈できるとする私見は後述）。

ちなみに、高波と船旅の関係を逆接のドモで結んだ例を一首挙げておく。

天の川瀬々に白波高けども直《ただ》渡り来《き》ぬ待たば苦しみ　（万一〇・二〇八五）
⇩天の川の瀬々に白波は高いけれども、まっすぐに渡って来た。波の静まるのを待っていたら苦しいので。

万葉人にとってのサワク

解釈に入る前に、「波──→騒く」が万葉人にとって、プラス（快）で受け取られる場合も、マイナス（不快）で受け取られる場合もあったことを、まず確かめておきたい（これに関しては第一章「一首の解釈」でも少しふれた）。

Ⓐ……浜清く　白波騒《さわ》き……今日のみに　飽《あ》き足《た》らめやも……（万一九・四一八七）

⇩……浜辺は清らかで白波が騒ぎ……どうして今日だけで満足できようか……

Ⓑ粟島《あはしま》に漕ぎ渡らむと思へども明石《あかし》の門《と》波《なみ》いまだ騒《さわ》けり（万七・一二〇七）

⇩粟島に漕ぎ渡ろうと思うけれども、明石海峡の波はまだ騒いで荒れている。

どちらも「波──→騒く」を含んだ歌だが、作者の騒ぐ波を受け止める気持ちは全然違う。Ⓐは「白波が立ち騒ぐ美景を見たが今日だけでは満足できない」というプラスイメージなのに対し、Ⓑのほうは「船で漕ぎ渡ろうと思うのに波が一向に静まらない」というマイナスイメージである。こうした例から「波──→騒く」は文脈により、プラスにもマイナスにもなり得ることが知られる。

それでは、万葉歌における「波騒く」は、どちらの割合が多いのであろうか。文脈の上から見て、プラスに○印、ニュートラルに△印、マイナスに×印をつけ、全例を示そう。

○……風吹けば 白波騒き……神代《かみよ》より 然《しか》そ貴き 玉津島山《たまつしまやま》 (万六・九一七)
⇩……風が吹くと白波が騒ぎ……神代の昔からこうも尊いことよ。玉津島山は。
○……朝風に 浦波騒き……行き帰り 見れども飽かず…… (万六・一〇六五)
⇩……朝風に浦波が騒ぎ……行き帰りに見るけれども飽きない……
△ふさ手折《たを》り多武《たむ》の山霧《やまぎりしげ》繁みかも細川の瀬に波騒きける (万九・一七〇四)
⇩多武の山霧が深いからか、(山には雨が降って)細川の瀬に波が騒いでいることよ。
×……沖見れば とゐ波立ち 辺を見れば 白波騒く いさなとり 海を恐《かしこ》み 行く船の
梶引き折りて…… (万二・二二〇)
⇩……沖を見ると、うねるような大波が立ち、岸辺を見ると白波が騒いでいる。その海
が恐ろしいので、行く船は梶も折れるほど漕いで……
×鳥じもの海に浮き居《ゐ》て沖つ波騒くを聞けばあまた悲しも (万七・一一八四)
⇩鳥のように海に浮かんでいて、沖の波が騒ぐのを聞くと、ひどく悲しいことよ。

右の結果に、先のⒶの例(○プラス)とⒷの例(×マイナス)を加えると、プラスが三例、マイナスが三例、ニュートラルが一例になるので、用例数から「波騒く」のプラス・マイナスの確率の高い低いを云々することはできず、前後の文脈から判断するより仕方がない。これは

現代語でも同じで、「外で子供が騒いでいて楽しそうだ」はプラスの騒ぐ、「外で酔っ払いが騒いでいてうるさいなぁ」はマイナスの騒ぐ、というように文脈によって「騒ぐ」は正反対の快にも不快にもなる。

さてそうなると、問題のⓐ一六九〇番歌とⓑ一二三八番歌のサワクは、プラス・マイナスのどちらなのか。プラスで解すれば、「波は騒いでいる（大層美しい風景だ）けれども、（家人と一緒でないから楽しめず）私は家を思う」となるし、マイナスのほうで解釈した場合には、「波は騒いでいる（船旅には悪条件だ）けれども、（家人と一緒でないから荒波の騒ぎのほうに気持ちが向かず）私は家を思う」となる。果たして、どちらなのであろうか。

サヰサヰシヅミ

ここでは、ざわめく対象の側に気持ちが引きつけられて、その中に沈み込む場合のあることを、サヰサヰシヅミの語で確かめておきたい（これに関しても第一章「おわりに」で若干言及した）。

玉衣《たまぎぬ》のさゐさゐしづみ家の妹《いも》に物言はず来《き》にて思ひかねつも　（万四・五〇三）

⇩ざわめきの中に沈み込んで、家の妻に言葉も交わさずに来てしまったので、恋の思いに耐えかねることよ。

下三句は「家の妻に言葉も交わさずに来てしまったので、恋の思いに耐えかねることよ」と解釈され、特に問題はない。しかし、第二句のサヰサヰシヅミについては、日本古典文学大系『万葉集』の頭注に、「妹が別を悲しんでいろいろさわぎ立てたのをおししずめての意とか、心が沈んでとか解されているが、語義未詳」とあるように語釈が定まっていないようである。また、旧編の日本古典文学全集『万葉集』の頭注には左の解説が見える。

さゐさゐしづみ―未詳。類歌に「ありきぬのさゑさゑしづみ」（三四八一）とある。このサヰ・サヱはシホサヰのサヰやサワクの語幹と同源の擬音語。上からは衣ずれの音、下へは旅立ち前のざわめきを表わす。しかし、シヅミの意味ははっきりしない。あるいはシヅムは沈むの意でざわめきの中に埋もれてしまうことをいうか。

次に、この五〇三番歌（サヰサヰシヅミ）の類歌に用いられたサヱサヱシヅミの例を見よう。

あり衣《きぬ》のさゑさゑしづみ家の妹に物言はず来《き》にて思ひ苦《ぐる》しも　（万一四・三四八一）

⇩ざわめきの中に沈み込んで、家の妻に言葉も交わさずに来てしまったので、心苦しいことよ。

これは東歌の例だが、このサヱサヱシヅミもサヰサヰシヅミと同様、「旅立ち前のざわめきの中に沈み埋もれる」の意味でとってよいと考えられる。なぜならば、「私が防人に出発する騒ぎに（沈み埋もれて）、家の妻がすべき仕事を言わずに来てしまったなぁ」と歌う次の例がその傍証となるからで、出発直前のごった返している騒ぎの最中だからこそ、「言はず来《き》ぬかも」となったに違いない。

防人《さきむり》に発《た》たむ騒きに家の妹《いむ》が業《な》るべきことを言はず来《き》ぬかも　（万二〇・四三六四）

通常、人は騒ぎに心を奪われる。が、それ以上に気になることがある時には、その騒ぐ対象に心がまったく動かない場合だってある。そう考えると、ⓐⓑの「騒けども我は家思ふ」は、「家にいる妻のことを思わずにはいられない精神状態であるから、波の騒ぎ（快であれ、不快であれいずれ）にも気持ちが向かない」と解されよう。要するに、「普通の精神状態ならば、騒いでいるほうに関心を示す」が、それとは違って「何かが非常に気になる特別な精神状態ならば、騒いでいるほうに関心を示さない」という図式が成り立つはずだ。

一六九〇番歌の解釈

ⓐ高島の安曇《あど》川波《かはなみ》は騒けども我は家思ふ宿《やど》り悲しみ　（万九・一六九〇）

この一六九〇番歌は人麻呂歌集採録歌で題詞に「高島にして作る歌二首」と書かれた第一首だが、この「川波は騒け」はプラスイメージとマイナスイメージのどちらなのか。それを決定する際に、ⓐの次に置かれた第二首がヒントを与えてくれる。

旅なれば夜中にわきて照る月の高島山に隠《かく》らく惜しも　（万九・一六九一）

歌意は「旅をしていると、夜中にとりわけ照っている月が高島山に隠れるのは惜しいなぁ」で、月が山に隠れるのは夜の旅路にとって好ましくないから、マイナス（不快）状況の情景を詠んでいることは明白である。そして、新編の日本古典文学全集『万葉集』はその頭注で、旅

の行程について、

この月は旧暦十日前後のそれか。作者は月明りを利して船で琵琶湖岸沿いに安曇川河口の辺りから高島（勝野）の方へ漕ぎ進んでいるのであろう。

と推測している。また、伊藤博『万葉集釈注』（集英社）は、

一六九一は、家郷の妻と同じ月を眺めているのだという連帯感を前提にする歌で、その連帯感が絶たれるのを惜しんでいるところに味わいがこもる。

と鑑賞するが、これは注目に値しよう。この「月を介した妻との連帯感」という見方は決して深読みのし過ぎではない。なぜなら、昨年一緒に月を見ていた妻は死んでしまったと人麻呂が歌う次の例を見れば、納得できるからである。

去年《こぞ》見てし秋の月夜《つくよ》は照らせども相見し妹はいや年離《さか》る　（万二・二一一）

⇩去年見た秋の月は同じように照っているけれども、この月を去年一緒に見た妻は亡く

なっていよいよ年月を隔ててゆく。

そうすると、一六九〇番歌（第一首）の「波は騒け」は、一六九一番歌（第二首）の「照る月の高島山に隠《かく》らく惜しも」を手がかりに考えれば、マイナスイメージとして解釈すべきではないか。「高島の安曇川波は騒いでいる（船旅には悪条件だ）けれども、（家人と一緒でないから波の騒ぎのほうに気持ちが向かずに）私は家を思う。旅の宿りが悲しいので」と。こう解釈すれば、「高島にして作る歌二首」の第一首は「波が騒いでいるのは船旅にマイナス」、第二首も「月が山に隠れるのは夜の旅にマイナス」となるから、旅をするのに困難な自然現象を詠み込む点で両歌は一貫する。しかも、その障害（波が騒ぐ・月が隠れる）が、妻への思いの強さを一層鮮明に浮かび上がらせ、作者の悲しみを実感させる役割を果たしている。

ところで、この二首とは対照的に一首の中で潮と月の二つの条件が整ったと歌う、額田王の有名な歌があるので、挙げておく。

熟田津《にきたつ》に船乗りせむと月待てば潮もかなひぬ今は漕ぎ出でな　（万一・八）

⇩熟田津で船出しようと、月を待っていると、月も出て潮も満ちて船出にちょうどよい具合になった。さぁ、今こそ漕ぎ出そうよ。

言うまでもなく、波が凪《な》いでいるのか時化《しけ》ているかは、手漕ぎで渡る古代の船旅にとって、最大の関心事になる。実際、荒波ならば船出は普通しない。それは「波の穏やかな時に渡って下さい。こんな荒波の時に船出すべきではありません」とか、「秋風に川波が立っています。しばらくは多くある船着き場のどこかに御船をとどめなさい」と歌う次の二首が参考になる。

海《うみ》つ路《ぢ》の和《な》ぎなむ時も渡らなむかく立つ波に船出すべしや　（万九・一七八一）
秋風に川波立ちぬしましくは八十《やそ》の船津《ふなつ》にみ船留《とど》めよ　（万一〇・二〇四六）

ところで、ⓐの歌には「川波」が詠み込まれているが、ⓐと同じ巻九にはもう一首「川波」の語を含んだ歌がある。

吉野川川波高み滝の浦を見ずかなりなむ恋《こひ》しけまくに　（万九・一七二二）
⇩吉野川の川波が高いので、（船出ができずに）滝の浦を見ずに終わるのであろうか。後で恋しくなるだろうに。

右は、「川波」が高く船出ができず、景勝地の「滝の浦」を見られそうにないと歌う。先に ⓐ「川波は騒け」は船出の障害になっていると述べたが、この「川波高み」も船出に好ましくないマイナスイメージである。

以上を踏まえて、ⓐの歌を言葉を補いながら解釈すると、川波が騒ぎ船旅に適さないので、通常は不安や心配でいつ静まるのかと当然そちらに気持ちが向くはずだが、妻と離れ離れの旅の宿りのあまりの悲しさに、どうしても家にいる妻のことを思ってしまう、となる。

すると、この歌は帰路の時ではなく、往路の時のものであろう。もし帰路の時だとすると、「波が騒ぐので、なかなか帰れずにますます家の妻を思ってしまう」と順接で解されるため、逆接の「騒けども」ではまずい。そこで、往路と考えれば、「波が騒ぐのに、これから始まる船旅の安全云々よりも、家の妻を思ってしまう」と逆接で難なく解釈できる。

一二三八番歌の解釈

続いて、ⓑの一二三八番歌に検討を加えるが、ここでは前後の歌を並べて見る関係上、ⓑの記号を、いったん③に変換して話を進める。

①夢《いめ》のみに継ぎて見えつつ高島の磯越す波のしくしく思《おも》ほゆ　(万七・一二三六)
⇩夢にだけは見え続けて、高島の磯を越す波のようにしきりに思われる。

②静《しづ》けくも岸には波は寄せけるかこれの屋《や》通し聞きつつ居《を》れば　(万七・一二三七)
⇩静かに岸辺に波は寄せているよ。この家を通して聞いていると。

③高島の安曇《あど》白波は騒けども我は家思ふ廬《いほ》り悲しみ　(万七・一二三八)
⇩高島の安曇白波は騒いでいるけれども、私は家を思う。旅の廬《いお》りが悲しいので。

④大《おほ》き海の磯本《いそもとゆ》揺すり立つ波の寄せむと思へる浜の清《きよ》けく　(万七・一二三九)
⇩大海の磯の根本を揺り動かして立つ波がうち寄せようとしている浜の清いことよ。

伊藤博『万葉集釈注』は、①〜④を一つのまとまった歌群としてとらえて、次の対応関係を指摘する。

以上四首、内容の上でも、第一・第三首が高島の荒波を通しての望郷歌、第二・第四首が波の寄せる旅先の岸を思い浜辺を見る歌で、それぞれ密接に結びつく。いわゆる流下型構造である。ただし、第一・第四首が視覚の歌、第二・第三首が聴覚の歌で、かつ第二・第三首は「これの屋」と「廬り」の語でかかわりを持ち、その点では波紋型構造でもある。

この記述から①〜④は、意図的に配列されていることが知られる。ただし、③の「安曇《あど》白波は騒け」を聴覚の歌と見る点には賛成しかねる。サワク（騒）は基本的に視覚と聴覚の双方に働きかける語だが、中には、次に示した㋐のように視覚（形）中心のものや、㋑のように聴覚（音）中心のものといったように、どちらか一方に偏る場合もある。

㋐あしひきの山にも野にもみ狩人《かりびと》さつ矢手挟《たばさ》み騒きてあり見ゆ　（万六・九二七）
⇩山にも野にも狩人が矢を手に挟んで騒がしく駆け回っているのが見える。
㋑鳥じもの海に浮き居《ゐ》て沖つ波騒くを聞けばあまた悲しも　（万七・一一八四）
⇩鳥のように海に浮かんでいて、沖の波が騒ぐのを聞くと、ひどく悲しいことよ。

では、「白波騒く」の場合はどうか。それは次の例などから、視覚を中心に表現したサワクだとわかる（むろん波の音も聞こえているだろうが）。なぜなら、色彩語「白」を詠み込んでいるので、これは当然とも言える。

㋒……沖見れば　とゐ波立ち　辺を見れば　白波騒く……　（万二・二二〇）

⇩……沖を見ると、うねるような大波が立ち、岸辺を見ると白波が騒いでいる……

さらに、見逃せないことがある。それは㋐「騒きてあり見ゆ」と㋒「白波騒く」のサワクの原文が、どちらも視覚面をことさら強調した「散動」で書かれていることだ。そこで、問題の③「安曇《あど》白波は騒け」の原文はどうかと確かめると、「動」字で表記されている。これも波の動きを「動」字で視覚的に伝える工夫を凝らした文字遣いと認められよう。よって、③は聴覚の歌ではなく、視覚の歌と見るべきである。

ところで、先に一六九〇番歌「安曇《あど》川波は騒け」のサワクはマイナス（船旅にとって障害）と考えた。けれども、いま検討している③の一二三八番歌「安曇《あど》白波は騒け」は、それとは逆にプラス（賞美される光景）のサワクなのではないだろうか。根拠は三つある。

第一に、③と同じ巻七に見られる「白波」の例を見ると、それらはいずれも賞美される対象として歌われている。その三首を示そう。

住吉《すみのえ》の岸に家もが沖に辺に寄する白波見つつしのはむ　（万七・一一五〇）

⇩住吉の岸に家が欲しいなぁ。沖に岸辺に寄せて来る白波を見て賞美しよう。

住吉の沖つ白波風吹けば来寄する浜を見れば清しも　（万七・一一五八）

⇩住吉の沖の白波が風が吹くと寄せて来る、その浜を見ると清らかだ。

朝なぎに来寄《きよ》る白波見まくほり我はすれども風こそ寄せね　（万七・一三九一）

⇩朝なぎに寄せて来る白波を見たいと私は思うが、風が吹いて寄せてくれない。

第二に、「高島の安曇川」は、『角川日本地名大辞典・滋賀県』（角川書店）の「安曇川《あどがわ》」の項の記述（江戸時代前期の記録）より、古くから名所であったことがうかがえる。

……貝原益軒の「諸州めぐり」に「河原市《かわらいち》より小松《こまつ》へ四里、此間にあど川有り。名所なり。高島のあど川とよめり。今はあず川という。あどの湊も名所なり。あず川船にてわたる。水浅きときはかちにてわたる」（高島郡誌）とある。

第三に、②「静《しづ》けくも岸には波は寄せけるか」と④「立つ波の寄せむと思へる浜の清《きよ》けく」が共に穏やかでさわやかな風景を歌っているところから、その間に挟まれた③も一連の歌群の流れからいって、同じように爽快な波の風景を描写した歌だと推察できるだろう。

以上を勘案して、一一三八番歌を通釈すれば、「高島の安曇白波は騒いでいる（大層美しい風景だ）けれども、（家人と一緒でないから楽しむことができず）私は家を思う。旅の廬《いお》りが悲しいので」となる。

次の歌は、一二三八番歌と非常によく似た文構造〈……のに……だ……ので〉で、しかも、本来ならば楽しめるはずの風景なのに、妻と一緒でないがゆえに楽しめない、という発想の点でも通底する。

秋の野をにほはす萩《はぎ》は咲けれども見るしるしなし旅にしあれば　（万一五・三六七七）
⇩秋の野を彩る萩は咲いているけれども、見る甲斐もない。妻のいない旅なので。

なお、すでに検討した⒜も、文構造としては「秋の野を……」と同じである。しかし、⒜の「川波騒け」の場合は「白波騒け」のように美景の好条件ではなく、船旅に適さない悪条件と考えられるところから、解釈は先述したとおり異なったものになる。

「宿《やど》り悲しみ」と「廬《いほ》り悲しみ」の違い

⒜⒝は類歌の関係にあるが、単に直訳するだけなら、これといって論議の余地はないように思える。

ⓐ高島の安曇《あど》川波は騒いでいるけれども私は家を思う。旅の宿りが悲しいので。
ⓑ高島の安曇《あど》白波は騒いでいるけれども私は家を思う。旅の廬《いお》りが悲しいので。

しかし、作者の意図した表現の本質や内面に正しく迫ろうとすると、同じ歌詞を見ているのに人によって解釈にずれが生じてくる。波の騒ぎはプラスなのか、マイナスなのかとか、家を思う心は騒がず一心不乱なのか、騒いで乱れに乱れているのか、などといったふうに。

本章では、ⓐのサワクは航海にとって困難な荒波を、ⓑのサワクは美しい眺めの波を歌ったものと考え、それぞれ別方向の解釈を導く結果になった。両歌の表現上の違いは、ⓐ「川波・宿り」（一六九〇番歌）と、ⓑ「白波・廬《いほ》り」（一二三八番歌）に過ぎない。だが、この相違は存外小さくないのではないか。

ⓐ高島の安曇《あど》川波《かはなみ》は騒けども（驟鞆）我は家思ふ宿《やど》り悲しみ　（万九・一六九〇）
ⓑ高島の安曇《あど》白波《しらなみ》は騒けども（動友）我は家思ふ廬《いほ》り悲しみ　（万七・一二三八）

では最後に、ⓐⓑを個別に見ていただけでは気づきにくかった両歌の違いを、ここで明確にしたい。

まず、サワクの原文表記に注目しよう。ⓐのサワクを書いた「騒」の文字には、「テンポが急であるさま」の意がある。そこで、これと同じ「騒」字をサワクに当てた『万葉集』の他の例を見ると、弓の弭《はず》の唸《うな》り・蛙の鳴き声・波の音で、聴覚を主としたサワクばかりである。

……取り持てる　弓弭《ゆはず》の騒き（騒）……　（万二・一九九）
……夕霧に　かはづは騒く（騒）……　（万三・三二四）
……波の音《おと》の　騒く（騒）湊の……　（万九・一八〇七）

こうした「騒」字の聴覚にウエイトを置いた用法から、ⓐの「川波」は急な川の水の流れを見ずに、その流れる音だけを聞いている可能性が大きい。

一方、ⓑの「白波」はすでに述べたように、サワクを「動」字で表記しているところから、波の騒がしさを耳で認識するよりも、白波の動く景観を見ているほうに比重がありそうだ。

それに、ⓐ「宿《やど》り」とⓑ「廬《いほ》り」の違いも軽視できない。実例に当たると、「宿り」には旅先で泊まって外の音を聞く例がある。

海人《あま》娘子《をとめ》棚《たな》なし小《を》船《ぶね》漕《こ》ぎ出《づ》らし旅の宿りに梶《かぢ》の音《おと》聞こゆ　（万六・九三〇）

⇩海女おとめが棚なし小船を漕いで出かけるらしい。旅の宿りに梶の音が聞こえる。

それが「廬《いほ》り」には、「宿《やど》り」とは違って、視覚と聴覚の両方の例が見られる。

……荒磯面《ありそも》に　廬《いほ》りて見れば　波の音の　繁《しげ》き浜辺《はまへ》を……　（万二・二二〇）

⇩……荒磯の上に廬りして見ると、波の音のしきりにする浜辺を……

鶴《たづ》が音《ね》の聞こゆる田居《たゐ》に廬《いほ》りして我旅なりと妹《いも》に告げこそ　（万一〇・二二四九）

⇩鶴の声の聞こえる田に廬りして、私は旅をしていると、妻に告げておくれ。

つまり、「宿《やど》」の場合は密閉されているため、中から外の音は聞こえるが風景は見えない。しかし、「廬《いほ》」ならば草木や竹などを編んで造った粗末な仮小屋だから、外の音だけでなく、すき間から景色も見ることができるのである。

こうした表現の差を見定めれば、ⓐは「（荒波の悪天候なので）川波の騒ぐ音を（「悪天候なので」雨風をしのげるしっかりとした）宿りで聞いている」のに対して、ⓑは「白波の騒ぐ美景を（「好天なので」すき間から外も見える粗末な造りの）廬《いお》りで見聞きする」という歌詞の違いを反映させた解釈が可能となり、情景が目に浮かぶ。両歌は類歌の関係にあるが、表現の相違する箇所があるのだから、一首の意味内容（天候の状態）が異なっても一向に差し支えないと考えられる。いやむしろ違うからこそ、類似した歌の存在意義があったと、逆説的に言い得るのではあるまいか。

おわりに

歌の真の心を求めて一歩踏み出すと、いくつかの選択肢にぶつかることが少なくない。その都度決断をして前に進むのだが、資料的な制約から、判断するための確証がなかなか思うように得られない場合が多い。だから人によって一首全体の解釈が、最終的に違ってくるのも別に不思議なことではない。ここで取り上げた「高島の……」の類歌二首は、そのことをよく考えさせてくれる好例だと言えよう。

この章では類歌同士の違いを子細に観察することで、これまで漠然と見過ごされてきた歌の真相に迫ることができたと思う。類歌の表現上の差異は決して小さなものではなく、丁寧に見比べることで一首は相対化され、歌の理解度は想像する以上により深まると信じる。

第三章　「忘れかねつる」と「忘らえぬかも」

――潮のように満ちる恋心

はじめに

本章も第二章と同様、類歌同士を比較することで、表現の微妙な違いを軽視することなく、精確に読み取る解釈を目指したい。最初に、次の二首を御覧いただこう。傍線部「満ち来る潮のいや増しに」がまったく同じで、どちらも恋心の増していく比喩のよく似た歌である。

ⓐ葦辺《あしへ》より満ち来る潮のいや増しに思へか君が忘れかねつる　（万四・六一七）
ⓑ湊廻《みなとみ》に満ち来る潮のいや増しに恋は余れど忘らえぬかも　（万一二・三一五九）

ⓐは山口女王《やまぐちのおおきみ》(伝未詳) が大伴家持《おおとものやかもち》に贈った五首のうちの一首で、「葦の生えた岸辺から満ちて来る潮のように、どんどん恋しく思うからか、あなたのことが忘れられない」という歌意。第四句「思へか」は、「思へばか」の「ば」の略された形であるから、「思うからか」という順接（前句から予想される事柄が後句で順序よく自然に実現される関係「ので・から」）の疑問表現である。

ⓑは作者不明歌だが、第四句・第五句の「恋は余れど忘らえぬかも」は解釈の上で問題あり

と言われている。つまり、恋する気持ちが強くなれば、思う相手を忘れられなくなるのが普通だろうから、「恋しさはつのるのに忘れられない」と逆接（前句から予想される事柄が後句で実現されない関係「けれども・のに」）で解釈するのは抵抗があり、ここは順接で「恋しさはつのるので忘れられない」のほうが自然だというのだ。現に類歌のⓐでは、「恋しく思うから、あなたのことが忘れられません」と順接表現をとっている。この点に関して新編日本古典文学全集『万葉集』は、頭注でこう解説する。

○恋は余れど―思いは胸中に満ち溢れるばかりだが。このドには逆接性が少ない。「恋は増されど忘らえなくに」（二五九七）のそれも同じ。

右の記述から、二五九七番歌にも同じ問題のあることがわかる。そこで、逆接性が少ないドと指摘された歌も示そう。

ⓒいかにして忘るるものそ我妹子《わぎもこ》に恋は増されど忘らえなくに　（万一一・二五九七）

問題の所在を再確認すると、ドは逆接の確定条件句を構成する助詞なのに、ⓑⓒの場合には

「逆接性が少ない」という見方があり、疑問視されているのである。結局、「恋しさはつのるので忘れられない」ならば自然な表現で納得できるが、「恋しさはつのるのに忘れられない」は不自然な表現で腑に落ちないというものだ。

以下、先行研究をまず紹介し、その後で筆者の考えを述べたい。

近年の研究

第二章の「様々な解釈」で紹介した、池上啓「『万葉集』一六九〇番歌に関わる逆接表現の問題」(『作新学院女子短期大学紀要』二二号、一九九八年一二月)は、先のⓑⓒ二首についてもこれまでにない新たな見解を提出した。当該部分をそのまま引用しよう。

この2首については、前件に対する後件が省略された構造、つまり、

。恋はまされど「成就しない」。それで、忘らえなくに

。恋は余れど「成就しない」。それで、忘らえぬかも

という構造を考えるべきだと思われる。

この説はドの後に「成就しない」が省略されていると見なすものであり、前件と後件の意味的なつながりを何とか整えようとする一つの試みで、その意図はよくわかる。けれども、ドが逆接で納得いく解釈ができるのならば、わざわざ省略された表現を想定しなくてもよいことになる。

佐佐木隆『上代語の表現と構文』（笠間書院、二〇〇〇年四月）は、「第二章「み山も清にさやげども…」―付「恋はまされど忘らえなくに」―」で、注釈書が見落としていた逆接表現の仕組みの核心にふれる見解を提示した。少々長くなるが、重要な指摘が含まれているので、全文を引用する（なお、本章のⓑとⓒは、32と31に対応している）。

31　いかにして　忘るるものそ　吾妹子に　恋益跡《こひはまされど》　所忘莫《わすらえな》苦二《くに》　（十一・二五九七）
32　湊廻《みなとみ》に　満ち来る潮の　いや増しに　恋者《こひは》雖剰《まされど》　不所忘《わすらえぬ》鴨《かも》　（十二・三一五九）

以上のことを確認したうえで、31の表現を具体的にみてみる。その第一句と第二句には「いかにして忘るるものそ」とあり、作者は相手へのつよい恋情をなんとかして解消したいと希求している、という文脈での表現である。しかし、それを解消するすべがどうしてもえられないから、「忘らえなくに」といって作者は慨嘆するのである。したがって、作者の心情をあえていえば、「吾妹子に対する恋はつのる一方であるのに、（忘れるすべがなくて）忘れられないことだ」というようなものではないか。

一方また、実際に32がそうであるように、「いかにして忘るるものぞ」という表現がふくまれていなければ、「恋はまされど」ではなく「恋のまさりて／恋のまされば」とある方が自然であると感じられる。しかし、そうした表現を実際にふくまない32も、つらい恋情をどうにかして解消したいという希求を背景にもつものに相違ないから、基本的には31のばあいと同様に解することができるであろう。

このような解釈は、31と32の表現を、たとえば、

Ⅰ　チーズが使ってある料理だから、つい食べてしまった。

Ⅱ　チーズが使ってある料理だけれども、つい食べてしまった。

という二種の表現のうちのⅡのようなものだと解するのにひとしい。つまり、おなじ「つい食べてしまった」という表現でも、Ⅰはチーズをこのむ人物からみた表現であり、Ⅱはそれをこのまない人物からみた表現である。表現の背後にどのような事情・状況があるかによって、おなじ表現でも順接・逆接の適否が逆転するのである。

したがって、かりに31と32の歌が、恋情のつのることを回避したいという作者のつよい希求を前提とするものであれば、「恋はまされど、忘らえなくに／忘らえぬかも」という表現は「(忘れたい) 恋はつのるけれども、忘れられない」という意味のものとなり、作者にとっては不自然と感じられない表現となるのではないか、とおもわれるのである。また、「いかにして忘るるものそ」という表現をもたない32について、あえて逆の面からいえば、順接の「恋のまさりて」ではなく逆接の「恋はまされど」を「忘らえぬかも」がうけるという形式の表現にしたてることによって、作者は、自分の恋情がこれ以上つのることをつよく危惧して「忘れたい」とねがっていることを相手に示唆し、さらにそれによって、そのはげしい恋情にたえられない状況に自分があることを強調的にうちだしたものである可能性がある。

以上、問題の二首は承接関係が不自然なようだが、「表現の背後にどのような事情・状況があるかによって、おなじ表現でも順接・逆接の適否が逆転する」(「チーズが……」の作例は卑近でわかりやすい) ケースを踏まえれば、「(忘れたい) 恋はつのるのに、(忘れるすべがなくて) 忘れられない」と逆接で無理なく解釈できる、というのが佐佐木説の骨子だ。

確かに作者の「忘れたい気持ち」と、それに反した「忘れられない気持ち」が、内面で対立していることを考慮すれば、歌意としては「忘れたいのに、忘れられない」と逆接でもって理解できる。その場合、逆接「のに」を「ので」にして、「忘れたいので、忘れられない」と順接では結べない。こういう視点は従来なかったもので、順接表現と逆接表現が反転するその本質を鋭く衝いた卓見と言えよう。

万葉人にとっての恋

それでは、

ⓒいかにして忘るるものそ我妹子《わぎもこ》に恋は増されど忘らえなくに　（万一一・二五九七）

から改めて検討するが、ここで一つ確かめておきたいことがある。それは何かというと、恋は現代人にとっては楽しいもので、恋することを望み、恋に憧れる傾向が一般的に強いが、万葉人は恋をどう受け止めていたのかということである。『万葉集』には恋に苦しむ歌が、数多く見られる。

かくばかり恋ひつつあらずは高山の岩根しまきて死なましものを　（万二・八六）

この歌を、大野晋『係り結びの研究』（岩波書店、一九九三年一月）は、次のように明快に解説する（九四頁）。

この型の場合、ズハの上に来る事態はすでに実現している。作者は恋に苦しんでいる。この事態はどうにもならない。この苦しみから脱却したいと思っても、それは不可能なのである。そこで、高山の岩根を枕にして死んでしまえばよかったと思う。ところがそれもできない。

万葉人にとってコヒ（恋）とは、離れた相手に心ひかれる気持ちを表していた。その証に、コヒを「孤悲」と書いた例も『万葉集』にある。つまり、コヒとは会えない相手へのせつない情動で、その思いは会うことによってしか満たされない。そして、恋する苦しさに耐え続けるくらいならば、「かくばかり恋ひつつあらずは……」のように、むしろ死んだほうが余程ましだという心境にもなった。

さて、ここでⓒの前にある二首を見ると、そこにも名詞の「恋」や動詞の「恋ふ」といった語が詠み込まれている。

①夢《いめ》にだになにかも見えぬ見ゆれども我かも迷《まと》ふ恋の繁きに　（万一一・二五九五）

②慰《なぐさ》もる心はなしにかくのみし恋ひや渡らむ月に日に異《け》に　（万一一・二五九六）

この「恋」や「恋ふ」の中身は、①「夢《いめ》にだになにかも見えぬ（夢にだけでもなぜ見えないのか）」、②「慰《なぐさ》もる心はなしに（慰められる心もなく）」と、苦悶する気持ちを伴っている点で共通する。①②に続くⓒも、「いかにして忘るるものそ（どうやって忘れられるのか）」から、つらい恋の思いを消したがっていることは明白であり、ここの三首はいずれもかなわぬ恋を歌う点で、一貫した流れになっている。

ところで、ⓒと文構造の類似した歌が一首あるので見よう。

いかにして恋止《や》むものぞ天地《あめつち》の神を祈れど我《あれ》や思ひ増す　（万一三・三三〇六）

歌意は、「どうすれば恋（の苦しさ）は止むものなのか。天地の神を祈るのに、私の思いは増すばかりではないか」。この「祈れど」は逆接で解してまったく問題ない。作者はどうしても恋心を抑えることができず、恋の思いが増す現状に困っているので、天地の神に祈念した。けれども、一向に効果がないのである。

では、ⓒはどうか。ここにも「いかにして恋止《や》むものぞ」（三三〇六）と、ほぼ等しい意味内容の「いかにして忘るるものそ」がある。したがって、この作者も苦悶し、困り切っていることは明らかだ。

以上、ここでは恋する気持ちは現代人にとって多くプラス（快）の方向に働く傾向が強いのに、万葉人にとってはそれがマイナス（不快）に受け取られ、恋の苦しみから何とか脱却したいと意識されていた歴史的背景を確認した。

四段忘ルと下二段忘ルの違い

ところで、有坂秀世「「わする」の古活用について」（『国語音韻史の研究・増補新版』三省堂、一九五七年一〇月所収）は、動詞ワスル（忘）に関する重要な論を発表した。すなわち四段活用（忘ラ・忘リ・忘ル・忘ル・忘レ・忘レ）が「意識的に忘れる」意を表すのに対し、下二段活用（忘レ・忘レ・忘ル・忘ルル・忘ルレ・忘レヨ）は「自然に忘れる」意を表すことを実証したのである。次の歌は一首の中に四段と下二段のワスル（忘）が使用された貴重な例なので見てほしい。

忘らむて（和須良牟弖）野行き山行き我来《われく》れど我が父母は忘れせぬ（和須例勢努）かも

（万二〇・四三四四）

旧編の日本古典文学全集『万葉集』は頭注で、こう解説する。

忘らむて―奈良時代では、忘ラユ・忘ラスのようなごく一部の語形を残して、忘ルは下二段一本になってしまったが、古くは、故意に忘れる意の他動は四段、自然に忘れる意の自動は下二段と、使い分けがあった。この忘ラムは忘れようと努める古い用法に従っている。このテは引用の助詞トの訛り。原文、底本に「和須良牟⿰石弖」とあるが、「⿰石弖」（「砥」に同じ）は「弖」の誤りとする説による。○忘れせぬかも―忘レスは、自然に忘れゆくことを表わす下二段の忘ルをサ変に再活用させた形。

四段と下二段の忘ルの意味の違いを反映させて、「忘らむて……」を解釈すれば、「（何とかして）忘れようと野行き山行き私は来たけれども、私の父母のことは（自然に）忘れるということもないなぁ」となる。

では、再びⓒを示そう。

ⓒいかにして忘るるものそ我妹子《わぎもこ》に恋は増されど忘らえなくに　（万一一・二五九七）

これまでの事柄を踏まえて、ⓒを解釈すれば、第二句の「忘るる」は下二段の連体形、結句の「忘ら」は四段の未然形だから、「どうしたら（自然に）忘れられるものなのか。我妹子《わぎもこ》への恋の思いはつのる（ばかりで困っている）のに、（忘れようとする思いはかなわず）忘れられないなぁ」となる。このように現代語訳した場合、傍線を引いた逆接の「のに」を、順接の「ので」に置き換えることはできない。加えて、結句「忘らえなくに」の原文表記は「所忘莫苦二」だが、この「苦」字は恋の苦しさを表したもので、どうしても恋する相手を忘れられぬつらい思いを文字に託したものであろう。

こうした視点を持てば、すでに紹介した佐佐木説の要点であった「つらい恋情をどうにかして解消したいという希求」を、「いかにして忘るるものそ」からだけでなく、結句の「忘らえなくに（意識的に忘れようと努めても恋する苦しさは忘れられないなぁ）」からも自然に引き出すことができ、より安定した解釈が得られるのである。そう考えなければ、ⓒは逆接で理解できないし、妙味ある続き方にもならない。

余ルの語義

順序が逆になったが、次に、

ⓑ湊廻《みなとみ》に満ち来《く》る潮《しほ》のいや増しに恋《こひ》は余《あま》れど忘らえぬかも　（万一二・三一五九）

を考えよう。

ⓑの第四句「恋は余れど」は原文が「恋者雖剰」だから、ここを「恋は増されど」と訓じるテキストもある（ちなみに、「剰」字の使用は、『万葉集』でここの「恋者雖剰」の一例のみ）。例えば、日本古典文学大系『万葉集』の頭注には、次の解説が見える。

○恋はまされど―原文、恋者雖剰。剰はアマル・アマリサヘなどと訓み、マサルという訓は管見に入らないが、オホシ（過多）の意があるによってマサルと訓む。

また、新日本古典文学大系『万葉集』の脚注にも、

▽……第四句原文の「剰」の字、広韻に「長也」とあり、その「長」は名義抄に「マス・マサル」とあって「まさる」の訓は可能である。

とあり、新旧の大系本とも「増されど」と訓じている。では、ⓑの第四句は「恋は余れど」と「恋は増されど」のいずれが妥当なのだろうか。
伊藤博『万葉集釈注』(集英社)は「恋は余れど」の訓のほうを採用し、「溢れ出てしまえば忘れる状況が起こるはずなのに、それがないという機智を見るべき歌と思われる」と理由を述べた。だが、恋しさが余れば忘れられるという考えは腑に落ちない。むしろ、恋しさが余ればますます忘れられなくなって、一層苦しくなるのではないか。この『万葉集釈注』の説明に対して、佐佐木隆『上代語の表現と構文』(前出)は左記のように実例に即して反論するが、説得的である。

……『萬葉集』に九例みえる「あまる」の用法を逐一みてみると、恋情・思慕の念が「あまる」という状況にいたった結果として、「吾は死ぬべくなりにたらずや」〔十八・四〇八〇〕

とか「出でて行きし、その門を見に」（十一・二五五一）とかというように、どの例でもひどく苦悶する様子や作者がおもいきった行動にでたことが描写されている。「忘れる状態（ママ）が起こる」といったような、恋情・思慕の念が減じたことやそれらが解消したことなどが描写されている例はひとつもみえない。

ところで、『岩波古語辞典・補訂版』のアマリの項には、次の説明がある。

《アマタ（数多）と同根。物事の分量や程度が一定の枠の中におさまりきらず、外にはみ出る意。多く、処置に困る場合に使う。類義語アブレは物が一定の枠を越えてしまい、はみ出たものが使いものにならなくなる意》

右の記述中、「多く、処置に困る場合に使う」という点に注意を払いつつ、「恋は余れど」を正確に解釈する際に手がかりとなる「恋ひ余り」の例を見よう。

隠《こも》り沼《ぬ》の下《した》ゆ恋ひ余り（孤悲安麻里）白波のいちしろく出でぬ人の知るべく

（万一七・三九三五）

⇩心の内から恋しさがあふれて、白波のようにはっきり目立つようになった。人が知りそうなほどに。

「恋ひ余り」とは、「恋する思いが抑えきれずに余って外に現れ出てしまう」の意だから、作者はどうしても恋心を包み隠すことができず、人に知られるようになって、困っているのである。次の歌も、恋心が度を越えてしまったために死にそうになったと苦悶する、その困った状況をアマル（余）の語を用いて表現している。

常人《つねひと》の恋ふといふよりは余り（安麻里）にて我は死ぬべくなりにたらずや

（万一八・四〇八〇）

こういう「恋」と「余」の関係をおさえた上で、ⓑの「恋者雖剰」を「恋は余れど」と訓めば、「恋する思いが抑えられず人に知られたり、恋に死ぬほど苦しみ悶えて、たいへん困った状況にあるのに」という微妙なニュアンスを添えられる。そう考えれば、第四句「恋は余れど（恋に困ってこの苦痛から脱却したいのに）」は、結句「忘らえぬかも（どうしても忘れられない）」に滑らかに続く。

ⓑには、ⓒの「いかにして忘るるものそ」に相当する表現がないけれども、「恋者雖剰」をコヒハアマレドと訓めば、アマルの語義から恋を否定的に受け止めている作者の心情を積極的に打ち出せる。

マサルは「増える・多くなる」意、アマルは「多過ぎて余分が出る・あふれる」意で、両語は同義ではない。もちろん、「恋は増されど」でも恋を忘れたいという困った心境を表現できないことはないので、ⓑ「恋者雖剰」を「恋は増されど」と訓む説を完全に否定し切ることはできない。しかし、「恋は増されど」に比べて、「恋は余れど」のほうが限度を越えて困っている状況を明確に言い表せる分、「恋は余れど」に軍配を上げたい。さらに、平安時代末期の漢和辞書『類聚名義抄』で「剰」字を見ると、アマルの訓が見出せ、時代は多少下るものの、同じ訓みの例とすることができ、安心できる。

結論として、ⓑは「湊《みなと》近くに満ちて来る潮のように、恋の思いはますます満ちてあふれている（それで困却している）のに、（そのつらい思いを忘れようと思っても）忘れられないなぁ」という歌意になる。それと、ⓑの結句は「忘らえぬかも」だから、ⓒの「忘らえなくに」と同じく「忘ら」は四段活用である。したがって、ここも意識的に忘れるの意で解釈すれば、「恋は余れど」は逆接表現で難なく通る。

なお、すでに本章の冒頭で紹介済みだが、ⓑ「湊廻《みなとみ》に満ち来る潮のいや増しに恋は余れど忘らえぬかも」（万一二・三一五九）には類歌がある。

ⓐ葦辺《あしへ》より満ち来る潮のいや増しに思へか君が忘れかねつる　（万四・六一七）

ⓐは「忘れかねつる」で、下二段の忘ルだから、「葦辺から満ちて来る潮のようにいよいよ思いが増すからか、（意識などしなくても）あなたを忘れられない」と解釈され、ⓑの「忘らえぬかも（忘れようとしても忘れられない）」の四段の忘ルと比べて対照的だ。そこで、ⓐⓑの相違点を単純化して並べると、左のようになる。

ⓐ恋しい思いがつのるからか、（意識などしなくても自然に）忘れられない。
ⓑ恋しい思いはつのる（困っている）のに、（強いて忘れようとしても）忘れられない。

以上をまとめてみると、ここではⓑの解釈に関する見解として佐佐木書（前出）が示した、

……自分の恋情がこれ以上つのることをつよく危惧して「忘れたい」とねがっていることを相手に示唆し、さらにそれによって、そのはげしい恋情にたえられない状況に自分があ

ることを強調的にうちだしたものである可能性がある。

との記述を受け、その妥当性をアマル（余）とワスル（忘）の語義面から補強し、ⓑの「恋者雖剰」はコヒハアマレドが穏当な訓であることを述べた。

複合動詞の恋ヒ余ルと恋ヒ増サル

次に、これまで気づかれずに放置されてきた、もう一つの問題を取り上げる。従来の注釈書は、ⓑ「恋は余れど」・ⓒ「恋は増されど」のコヒを名詞と考えて、まったく疑っていないようだ。本章もここまではそれに従って進めてきた。しかしこれらは、ⓑ「恋ひは余れど」・ⓒ「恋ひは増されど」に修正する必要がある。すなわち、複合動詞「恋ひ余る」・「恋ひ増さる」の間に助詞ハが割って入ったものであることを論証したい。

第一に、コヒアマルは「恋余る」なのか、「恋ひ余る」なのかを確認する。『万葉集』には先に見た複合動詞コヒアマリの例がある（以下、問題の箇所は原文にカタカナで訓を付す）。

隠《こも》り沼《ぬ》の下《した》ゆ孤悲安麻里《コヒアマリ》白波のいちしろく出でぬ人の知るべく　（万一七・三九三五）

右のコヒアマリは、諸注そろって「恋ひ余り」と漢字平仮名混じりで訓み下しているから、コヒは名詞でなく動詞としていることがわかる。

次いで、コヒマサルを見よう。まずは、七五三番歌の例。

相見てばしましく恋はなぎむかと思へどいよよ恋益来《コヒマサリケリ》　（万四・七五三）

⇩会ったら少しの間は恋の苦しさは和らぐだろうかと思ったのに、（会った後は）ますます恋しさがつのってきた。

結句のコヒマサリケリのコヒを、諸注は名詞と動詞のどちらで認定しているのか、訓み下し文の傍線部に注目いただきたい。

日本古典文学全集（旧・新編共）⇩「恋増さりけり」でコヒを名詞と認定
日本古典文学大系⇩「恋ひまさりけり」でコヒを動詞と認定
新日本古典文学大系⇩「恋まさりけり」でコヒを名詞と認定
和歌文学大系⇩「恋ひまさりけり」でコヒを動詞と認定

このように注釈書によって、まちまちである。
では、次に六九八番歌のコヒマサルはどうか。歌例を挙げ、同様にチェックしてみる。

春日野《かすがの》に朝居《ゐ》る雲のしくしくに吾《ア》者《ハ》恋益《コヒマサル》　月に日に異《け》に　（万四・六九八）

⇩春日野に朝かかっている雲のように幾重にも重なり、しきりに私は恋しさがつのる。
　月ごと日ごとにだんだんと。

日本古典文学全集（旧・新編共）⇩「我は恋増さる」でコヒを名詞と認定
日本古典文学大系⇩「吾は恋ひまさる」でコヒを動詞と認定
新日本古典文学大系⇩「我は恋ひまさる」でコヒを動詞と認定
和歌文学大系⇩「吾は恋ひまさる」でコヒを動詞と認定

今度は日本古典文学全集（旧・新編共）を除き、それ以外はすべて「恋ひまさる」でコヒを複合動詞と見なしている。なお、日本古典文学全集（旧・新編共）でも、他の歌でコヒを動詞の連用形と考える場合は「恋ひ」と表記している。それは次に示す一〇二一番歌の結句「吾孤悲念乎」を「我《あ》は恋思ふを」でなく、「我《あ》は恋ひ思ふを」と書いているところから明らかだ。

玉葛花のみ咲きて成らざるは誰が恋ならめ我《あ》は恋ひ思《おも》ふを　（万二・一〇二）

⇩玉葛のように花だけ咲いて実がならないのは、どなたの恋のことでしょう。私は恋い慕っていますのに。

どの注釈書も名詞なら「恋」、動詞なら「恋ひ」と書き分けているのである。

ところで、時代は下るが、『古今和歌集』（九〇五年）と『玉葉和歌集』（一三一二年）のコヒマサルの例を見てほしい。

ほととぎす人まつ山に鳴くなれば我うちつけに恋ひまさりけり　（古今・一六二）

⇩ほととぎすが人を待つという松山で鳴いているので、私は急に恋しい思いがつのってしまった。

今も思ふ後も忘れじ刈《か》り薦《こも》の乱れて後ぞわれ恋ひまさる　（玉葉・一七三〇）

⇩今も思っている。今後も忘れることはあるまい。刈った薦が乱れるように思い乱れて後にこそ、恋しさがつのる。

『古今和歌集』の例は、形容動詞「うちつけに（急に）」が「恋ひまさり」に連用修飾の形でかかっている。『玉葉和歌集』の例は、主格「われ」が「恋ひまさり」を述語としている。したがって、これらの「恋ひまさり」はどちらも複合動詞と見て何ら問題なく、諸注も〈恋ひ＋まさる〉としている。そうなると、『万葉集』のコヒマサルも、すべて複合動詞と考え直す必要がある。

ではどうしてこれまで、コヒマサル・コヒアマルは複合動詞と見られなかったのだろうか。それはおそらく、同じ複合動詞に「恋ひ死ぬ」「恋ひ乱る」というのがあるが、これらは「恋をして死ぬ」「恋をして乱れる」のように語順どおりに理解できるから、複合動詞だとわかりやすい。けれども、「恋ひ増さる」の場合は、「増さる」が上にある動詞「恋ひ」の増進する程度を表す語であるため、複合動詞として受け取られにくかった。現代語の感覚では、むしろ「恋は増さる」のほうが理解しやすいので、誤解され続けてきたのであろう。なお、複合動詞「……増さる」の例は「恋ひ増さる」に限らず、「咲き増さりけれ」（万一〇・二二〇四）や「水行き増さり」（万一一・二七〇二）などが見られる。これらは〈恋（名詞）＋増さる〉のような誤解をまねかないので、複合動詞「……増さる」を構成した確かな参考例になる。

以上、複合動詞「恋ひ余る」「恋ひ増さる」の存在を確認したが、次にこれらに助詞のハが割って入った「恋ひは余る」「恋ひは増さる」について考えてみたい。『万葉集』では、複合動詞「恋ひ……」の間に様々な助詞の入るケースがよく見られる。例えば、左記のような例がそれである。

「恋ひ死なむ」(万四・七四八)――「恋ひは死ぬとも」(万一二・二九三九)
「恋ひ死なむ」(万四・七四八)――「恋ひも死ねとや」(万一一・二三七〇)
「恋ひ乱れつつ」(万一一・二五〇四)――「恋ひて乱れば」(万四・六四二)
「恋ひ暮らし」(万一〇・一八九四)――「恋ひそ暮らしし」(万一一・二六八二)

御覧のとおり、助詞ハに限らず、助詞のモ・テ・ソも、「恋ひ……」に割って入っている。このような対応関係を見れば、「恋ひ余る」「恋ひ増さる」の間に助詞ハが入って、「恋ひは余る」「恋ひは増さる」になった、と考えることができる。したがって、コヒハアマルとコヒハマサルは、「恋ひは余る」と「恋ひは増さる」と見なしてよかろう。

では、ⓑⓒの歌で「恋ひは」の助詞ハはどのような働きをしているのだろうか。仮に音数を七音に整えるだけなら、ⓑの「恋ひは余れど」は「恋ひ余れども」、ⓒの「恋ひは増されど」は「恋ひ増されども」でもよかったはずである。

けれども、そうならなかったのは、これらの歌にやはり助詞ハの働きが必要だったためだと思われる。他の歌例を見てみると、ハのない場合は、「恋ひ増さりけり」(万四・七五三)、「恋ひ増さりけれ」(万七・一三六五)、「恋ひ増さらしむ」(万一〇・一九四六)、「恋ひ増さらくに」(万一〇・二二二八)、「恋ひ増さりける」(万一一・二五六七)であり、逆接表現の例は無い。要するに、「恋ひ増されども」や「恋ひ余れども」という逆接表現は見出せないのである。ところが、ハが介入した場合は、ⓑ「恋ひは余れど」とⓒ「恋ひは増されど」以外に、逆接確定条件句の「恋ひは増されど」が二例見られる。

……我《あ》が着たる　衣《ころも》はなれぬ　見るごとに　恋ひは増されど（恋者雖益）　色に出《い》でば　人知りぬべみ……

(万九・一七八七)

⇩……私が着ている衣は汚れてくたくたになった。それを見るたびに妻への恋の思いはつのるけれども、顔色に出したら人が知ってしまうだろうから……

……しくしくに　恋ひは増されど（恋波末佐礼杼）　今日のみに　飽き足らめやも……

(万一九・四一八七)

⇩……ひっきりなしに恋の思いはつのるけれども、今日だけで満足できようか。……

すなわち、「恋ひ増さる」は助詞ハの効果により、結果的に「恋ひは増されど」という逆接確定表現になり得た。さらに、

百歳《ももとせ》に老《お》い舌出《したい》でてよよむとも我はいとはじ恋ひは増すとも（恋者益友）（万四・七六四）
⇩百歳になってから歯が抜け落ち、舌が出て体が不自由になっても、私は気にしない。
恋の思いはつのっても。

という逆接仮定条件句「恋ひは増すとも」を構成した例もある。
ハは、ちょっと待ったという感じをもたらし、強調してひっくり返す役割を果たすため、ド・ドモ・トモと一体となって、確定であれ仮定であれ、逆接表現を作り上げたのである。

おわりに

最後に、本章の要点を整理して終えたい。

ⓐ葦辺《あしへ》より満ち来る潮のいや増しに思へか君が忘れかねつる（万四・六一七）

⇩葦の生えた岸辺から満ちて来る潮のように、どんどん恋しく思うからか、あなたのことが（自然に）忘れられない。

ⓑ湊廻《みなとみ》に満ち来る潮のいや増しに恋ひは余れど忘らえぬかも　（万一二・三一五九）

⇩湊《みなと》近くに満ちて来る潮のように、恋の思いはますます満ちてあふれている（それで困却している）のに、（そのつらい思いを忘れようと思っても）忘れられないなぁ。

ⓒいかにして忘るるものそ我妹子《わぎもこ》に恋ひは増《ま》されど忘らえなくに　（万一一・二五九七）

⇩どうしたら（自然に）忘れられるものなのか。我妹子《わぎもこ》への恋の思いはつのる（ばかりで困っている）のに、（忘れようとする思いはかなわず）忘れられないなぁ。

説明の都合上、注釈書の見解を最後に訂正することになったが、ⓑ「恋は余れど」は「恋ひは余れど」、ⓒ「恋は増されど」は「恋ひは増されど」で、それぞれ複合動詞の間に助詞ハが割って入ったものと見直すべきことを主張し、そのハは逆接表現にするための機能を果たしていることを確認した。

また、解釈する際に、ⓐは「どんどん恋しく思う（から）か、忘れられない」で問題ない。しかし、ⓑⓒはどちらも逆接表現で解そうとした場合に違和感のある歌とされてきた。ⓑとⓒは表現や発想の点で共によく似た歌であるから、文の構造を単純化して示せば、「恋はつのる

（　）、忘れられない」となる。（　）内に順接の「ので」を挿入すれば、「恋はつのる（ので）、忘れられない」で、不自然さはない。通常、恋がつのれば忘れられない状態になるからである。では、（　）内に逆接の「のに」を入れて、「恋はつのる（のに）、忘れられない」ならばどうか。従来の注釈書は、この表現を変だと感じて、ⓑⓒのドは逆接性が弱いとか少ないなどといった説明をしたり、近年になるとドの後に省略された表現を想定する説まで登場した。

しかし、ⓑⓒに作者の恋に苦しむ心理面を補って、「恋はつのる［それで処置に困って忘れたい」（　）、忘れられない」とすればどうなるか。今度は逆に「恋はつのる［それで処置に困って忘れたい」（ので）、忘れられない」は不自然となり、「恋はつのる［それで処置に困って忘れたい」（のに）、忘れられない」のほうが自然となる。

本章では、いままで見過ごされてきた逆接のメカニズムを看取した先行研究をベースに論を展開した。そこにワスル（忘）の意味が四段（意識的に忘れる）と下二段（自然に忘れる）で異なることを唱えた有坂説を問題の二首に適用することで、しっくりした解釈が得られるとの結論を導いた。つまり、ⓑの「忘らえぬかも」とⓒの「忘らえなくに」は忘れたくても忘れることができない気持ちを表しているところから、忘れたいのに忘れられず苦しんでいる作者の心情を引き出せるのである。

なお、ⓒには「いかにして忘るるものそ」という恋の悩みから解き放たれたい作者の苦悶がうかがえるが、ⓑも同様に「いや増しに恋ひは余れど」のアマルが「処置に困る」意を表すので、そこから恋しさが増すことを否定的に感じ、何とか解消したい作者の心の叫びを読み取ることができる。

ⓐⓑⓒは相互に類歌の関係にあるが、結句に見える動詞忘ルは、ⓐが下二段、ⓑⓒが四段で活用の種類が異なる。その違いが順接のⓐ「恋心はつのる（から）忘れられない」と、逆接のⓑⓒ「恋心はつのる（のに）忘れられない」にきちんと対応している。その点を考慮すれば、ⓑⓒは不可解な歌ではなく、むしろ味わい深い切ない恋の歌だとわかるのである。

第四章　「生《い》けりともなし」と「生《い》けるともなし」

――妻をなくした男の茫然

はじめに

ⓐ衾道《ふすまち》を引手《ひきで》の山に妹《いも》を置きて山道《やまぢ》を行けば生《い》けりともなし　（万二・二一二）

ⓑ衾道を引手の山に妹を置きて山道思ふに生けるともなし　（万二・二一五）

ⓐⓑは、どちらも柿本人麻呂の泣血哀慟歌《きゅうけつあいどうか》（妻が死んだ後に泣き悲しんで作った歌）群中に見られる短歌である。ⓐとⓑは異伝歌の関係にあり、相違するのは第四句と結句。その結句に注目すると、ⓐがイケリトモナシ、ⓑはイケルトモナシで微妙に異なるものの、新日本古典文学大系や新編日本古典文学全集の『万葉集』等々、近年の信頼できるテキストのほとんどがこの訓を採用し、現在ほぼ通説になっているといってよい。

では、ⓐⓑがおよそどのような歌なのかを知るために、上野誠『風呂で読む万葉挽歌』（世界思想社、一九九八年一〇月）から、ⓑの解説を紹介しておこう。

「衾道」は、諸説あるが地名と見ておこう。奈良県天理市南部の山辺道《やまのべのみち》沿いに衾田があるので、そのあたりに考えるのがよい。そこから、見えるのが「引手の山」である。これも難しいが、竜王山という山の山容が引き手に見えたのだろう。妻を残してきたその山路を思うと生きたここちもしない、と人麻呂は歌う。

妻を引き手の山に葬ったあと、しょんぼりと家路につく人麻呂の姿が思い浮かぶ歌。まるで映画の一シーンを見るようだ。このシーンを演じる役者は、「肩」で演技をしなければならないだろう。おそらく、作者は時を経て、山路を歩いて帰った自分をふりかえっているのだろう。妻の遺骨を竜王山ないしその麓に散骨したとすれば、衾道の引き手の山は、人麻呂にとって亡き妻を偲ぶ山となったはずである。

この章では、イケリ―トモナシとイケル―トモナシの違いについて考えたい。

上代特殊仮名遣いとは

まずは、近年の注釈書の訓み方にしたがい、イケリトモナシとイケルトモナシの例をすべて示そう。なお、ここから冒頭のⓐは①に、ⓑは⑦に、それぞれ記号をあらためて列挙する。

〈イケリトモナシ〉計六例

①衾道《ふすまぢ》を引手《ひきで》の山に妹《いも》を置きて山道《やまぢ》を行けば生《い》けりともなし（生跡毛無）（万二・二一二）

②……深海松《ふかみる》の　見まく欲《ほ》しけど　なのりその　己《おの》が名惜《を》しみ　間使《まつか》ひも　遣《や》らずて我は
生けりともなし（生友奈重二）（万六・九四六）

③まそ鏡見飽かぬ妹《いも》に逢はずして月の経ぬれば生けりともなし（生友名師）（万一二・二九八〇）

④忘れ草我が紐に付く時となく思ひ渡れば生けりともなし（生跡文奈思）（万一二・三〇六〇）

⑤うつせみの人目を繁み逢はずして年の経ぬれば生けりともなし（生跡毛奈思）（万一二・三一〇七）

⑥まそ鏡手に取り持ちて見れど飽かぬ君に後《おく》れて生けりともなし（生跡文無）（万一二・三一八五）

〈イケルトモナシ〉計四例

⑦衾道を引手の山に妹を置きて山道思ふに生けるともなし（生刀毛無）（万二・二一五）

⑧天離《あまざか》る鄙《ひな》の荒野に君を置きて思ひつつあれば生けるともなし（生刀毛無）（万二・二二七）

⑨ねもころに片思《かたもひ》すれかこのころの我が心どの生けるともなき（生戸裳名寸）（万一一・二五二五）

⑩白玉の見が欲し君を見ず久《ひさ》に鄙《ひな》にし居《を》れば生けるともなし（伊家流等毛奈之）

（万一九・四一七〇）

このイケリトモナシとイケルトモナシという句は全例が結句に現れ、①〜⑩のうち⑨のみが連体形ナキで、そのほかの九例は終止形ナシで終結している。『万葉集』以外の例を、『新編国歌大観CD－ROM版』（角川書店）で検索すると、『古今和歌六帖』（平安中期）や『風雅和歌集』（一三四九年頃）などに散見されるが、イケリトモナシ・イケルトモナシはいずれも結句の例で、万葉歌を訓読もしくは模倣したものである。

空蟬《うつせみ》の人目を繁み逢はずして年の経ぬれば生けりともなし

（風雅集・一〇二二）

ねんごろに片思《かたも》ひするかこのごろは我が心から生けるともなし

（古今六帖・二〇二四）

イケリは、四段活用の動詞イク（生）の連用形イキと、ラ行変格活用の動詞アリ（有）との融合［iki＋ari→ikeri］によって、奈良時代以前に生じた語形である。したがって、イケリの意味は、「生きてある（存在する）→生きている」になる。

ではなぜ、①〜⑥はイケリトモナシで、⑦〜⑩はイケルトモナシと訓まれるのか。それには上代特殊仮名遣いに関する知識が必要不可欠である。上代特殊仮名遣いとは何か。本論に入る前に、『暮らしのことば語源辞典』(講談社)の脚注解説(一一九頁)を引用することで、その概要を説明しておこう。

❖上代特殊仮名遣い　後世は一種の音節であるが、奈良時代には二類の区別があるような音節が存在した。たとえば、現在はユキ(雪)のキと、ツキ(月)のキとは、発音が同じであるが、奈良時代には発音が異なり、万葉仮名(表音文字として用いた漢字)で表すときも、前者には「伎」「吉」などを用い、後者には「紀」「奇」などを用いて、両者を区別していた。このような発音の差に基づく万葉仮名の使い分けを、一般に「上代特殊仮名遣い」と呼んでいる。また、後世では区別されないキの二類について、一方(ユキのキなど)をキの甲類、他方(ツキのキなど)をキの乙類と呼ぶのが慣例である。なお、こうした二類の区別がかつて存在したことが確認されている音節としては、キ・ギ・ヒ・ビ・ミ、ケ・ゲ・ヘ・ベ・メ、コ・ゴ・ソ・ゾ・ト・ド・ノ・モ・ヨ・ロがあげられる。

この万葉仮名の二類の書き分けの知識を持てば、これまで区別のできなかった語の解釈などに役立つ場合がある。例えば、『古事記』の歌謡に見られる「許久波《コクハ》」を、二類の書き分けの研究成果を当てはめるまでは、「小鍬《こくは》」と解釈していたが、それは誤りであることが明らかとなった。なぜならば、「小《こ》」は甲類の万葉仮名で書かれる語であるのに、「許久波」の「許」は乙類に属する万葉仮名だからである。そこで、「許」と同じコの乙類で表記されている語を探すと、「木《こ》の葉・木《こ》の間・木立《こだち》」などの「木《こ》」がある。事実、正倉院には木製の鍬があり、このことから「許久波」は「木鍬《こくは》」と解するのが定説になった。

また、現代語だけでは見えなかった語源についても、甲乙の使い分けから判定できる場合が出てきた。例えば、「日」と「火」は現代ではヒと発音するので、同じ語源と考える人がいるかもしれないが、「日」は甲類のヒ、「火」は乙類のヒだから別語源ということになる。

この上代特殊仮名遣いの甲類乙類の区別を理解した上で、以下、①〜⑥のイケリトモナシ、⑦〜⑨のイケルトモナシ、それから⑩のイケルトモナシの順にそれぞれ分けて見てゆく。

イケリトモナシの解釈

最初に、イケリトモナシから検討を始めよう。

①〜⑥の例は、どうしてイケリトモナシと訓まれるのか。その理由は、イケリトモナシのト（モ）が、①「跡毛」、②「友」、③「友」、④「跡文」、⑤「跡毛」、⑥「跡文」のように上代特

殊仮名遣いのトの乙類に相当する文字で、表記されているからだ。トの乙類は、助詞ト（モ）を書く文字と一致する。そして、助詞ト（モ）は動詞の終止形を受けるところから、①〜⑥の「生」字は、イケリと終止形で訓じられる。

ところで、イケリトモナシのトモは、引用を表す助詞トに感動を表す助詞モがついたものだと従来解かれてきた。それに対して、このトモは逆接仮定条件を表す接続助詞トモと見るべきだという新見を、かつて筆者は拙論「生ケリトモナシと生ケルトモナシ」（『鶴見大学紀要・国語国文学篇』二七号、一九九〇年三月）で、提出したことがある。なぜかというと、「たとえ生きていたとしても」という逆接の仮定条件句を構成するイケリトモの例が、『万葉集』の他の歌に見られるからだ。

今は我《あ》は死なむよ我《わ》が背《せ》生けりとも（生十方）我に寄るべしと言ふといはなくに
（万四・六八四）

……倭文《しつ》たまき　賤《いや》しき我が故《ゆゑ》　ますらをの　争ふ見れば　生けりとも（雖生）　逢ふべくあれや　ししくしろ　黄泉《よみ》に待たむと……
（万九・一八〇九）

愛《うるは》しと我が思ふ妹《いも》ははやも死なぬか　生けりとも（雖生）我に寄るべしと人の言はなくに
（万一一・二三五五）

よしゑやし死なむよ我妹《わぎも》生けりとも（生友）かくのみこそ我が恋ひ渡りなめ
（万一三・三二九八）

右の歌では、トモはすべて逆接を表す接続助詞として使われている。こうしたイケリトモの例を踏まえれば、①〜⑥のイケリトモも同様に、「たとえ生きていたとしても」の意で考えることができよう。また、右の三二九八番歌は「生友」でイケリトモを表記するが、イケリトモナシにもそれと同じく、「生友」でイケリトモのトモを表記した②や③（一四二頁）が見られる。このように、歌の意味から見ても、表記から見ても、①〜⑥と右の例の用法が同じということは、イケリトモナシのトモが逆接仮定の助詞であることを物語るものではないだろうか。

次に、イケリトモナシのナシだが、このナシは「甲斐がないだろう」のような意味を表すと考えられる。その裏づけとして、左記の傍線を引いた表現が参考になる。

㋐御民我《みたみわれ》生けるしるしあり（生有験在）天地《あめつち》の栄ゆる時にあへらく思へば　（万六・九九六）
⇩天皇の民である私は生きている甲斐がある。天地の栄えるこの御世に生まれ合わせたことを思うと。

㋑天離《あまざか》る鄙《ひな》の奴《やつこ》に天人《あめひと》しかく恋すらば生けるしるしあり（伊家流思留事安里）

⇩遠い田舎の奴に都の天人がこうも恋して下さるならば、生きている甲斐がある。
（万一八・四〇八二）

㋒痩《や》す痩《や》すも生けらばあらむを（生有者将在乎）はたやはた鰻《むなぎ》を捕ると川に流るな
（万一六・三八五四）

⇩痩せてはいても、生きていたら甲斐があるだろうに、かえって鰻を捕ろうとして川に流されるな。

㋐㋑は「生きている甲斐がある」、㋒は「生きていたら甲斐があるだろうに」の意であり、㋐㋑では「生きている甲斐」を「生けるしるし」と表現するが、㋒では特に「しるし」の語がなくても同じ意味を表している。ここからイケリトモナシは、㋐㋑㋒と正反対の「生きていたとしても甲斐がないだろう」という内容の句と言えよう。それは動詞アリ（有）と形容詞ナシ（無）が対で用いられた『古今和歌集』の「……都鳥よ、私の思う人は無事（生きている）かどう（否）かと」という例を見ても明らかだ。

名にしおはばいざ言問はむ都鳥我が思ふ人はありやなしやと
（古今・四一一）

そして、接続助詞トモが反語メヤ（モ）や否定推量ジという表現と呼応することは、第一章の「トモとドモに呼応する助動詞と助詞」ですでに確認した（同じ例を示しておく）。

にほ鳥《どり》の息長川《おきながかは》は絶えぬとも君に語らむ言尽《ことつ》きめやも　（万二〇・四四五八）
⇩息長川は絶えようとも君に語りたい言葉が尽きることがあろうか。ありはしない。

我が袖は手本《たもとほ》通りて濡《ぬ》れぬとも恋忘《こひわす》れ貝《がひ》取らずは行《ゆ》かじ　（万一五・三七一一）
⇩私の袖は袂《たもと》まで通って濡れたとしても、やはり恋忘れ貝を取らずには行くまい。

要するにイケリトモナシは、トモに呼応するメヤ（モ）やジを補足して、イケリトモシルシアラメヤ（モ）とか、イケリトモアラジなどに換言して解釈するとわかりやすい。それからイケリトモナシのナシは、「甲斐がないだろう」と将来に向けての表現であることに注意する必要がある。そのことは、イケリトモナシの〈……トモ＋ナシ〉と同様、トモの下に形容詞の終止形が続く〈……トモ＋ヨシ〉を見れば理解できる。

青柳《あをやなぎ》梅との花を折りかざし飲みての後《のち》は散りぬともよし　（万五・八二一）
⇩青柳と梅の花を折って髪にさして、酒を飲んだ後は散っても構わない。

この〈……トモ＋ヨシ〉は、仮定の内容を受けて言っているので、「（……ても）構わない（だろう）」と将来の事柄に向けて発せられたものである。このトモヨシも、イケリトモナシも一首の最終句で言い放つ点でも共通している。したがって、イケリトモナシは「（たとえ）生きていたとしても（生き甲斐が）ない（だろう）」の意味で解してよいことがわかる。またこれは、イケリトモナシのトモを、逆接仮定条件を示す助詞であると考えた場合には、当然の帰結となる。なぜなら、第一章で確かめたように、トモは未来を予測する表現と呼応するからだ。

それと文構造の点からも、①「……山道《やまぢ》を行けば生《い》けりともなし」と同じ〈……已然形＋バ……トモ〉の歌が存在する。

春さればもずのかやぐき見えずとも我は見遣らむ君があたりをば　（万一〇・一八九七）

歌意は、「春になると、もずが草の中に潜《ひそ》み隠れるように、たとえあなたが見えなくても、私は眺めましょう。あなたの辺りを」である。ならば、これと同じ文構造の①も、「（衾道を）引手の山に妻を置いて山路を帰って行くと、たとえ生きていても、生き甲斐がないだろう」と解釈できる。

ところで、旧編日本古典文学全集（一九七一年）は①二一二番歌の頭注でイケリトモナシについて、「トは乙類で助詞。ナシはアラズの意」と説明していた。それが新編（一九九四年）になると、イケルトモナシの⑦二一五番歌のほうの頭注でイケリトモナシに言及して、「乙類のトの仮名を用いたものは、そのトモは逆接の接続助詞と考えられ、生ケリトモ効モアラジと解釈すべきものと思われる」に修正された。にもかかわらず、新編の③二九八〇番歌の頭注を見ると、「トは引用を示す助詞。ナシはアラズの意。生きているとはとても思えない、の意」となっており、これは旧編の解説と変わらず、一貫性に欠ける。

なぜこうなったのかは不明だが、この新編の矛盾は①〜⑥のイケリトモナシの口語訳を見ても明白だ。①「もう生きている甲斐がない」、②「生きた心地《ここち》もないことだ」、③「人心地もない」、④「人心地もない」、⑤「人心地もしません」、⑥「人心地もしない」という現代語訳から①だけが②〜⑥と異なり、統一されていない。

改めてまとめてみると、イケリトモナシを「たとえ生きていても、生き甲斐がないだろう」と筆者は解釈するが、そう考える根拠は三つある。一つ目は、「たとえ生きていたとしても」という逆接仮定条件句を構成するイケリトモの確例が存すること。二つ目は、「山道《やまち》を行けば生《い》けりともなし」と同じ文構造をもつ〈……已然形＋バ……トモ〉の例が他の歌にも見出せること。三つ目は、イケリトモナシのナシはイケラバアラムヲ（生きていられたら、甲斐があるだろうに）のアリの反意語だから、「甲斐がないだろう」と解釈できることである。

イケルトモナシの解釈

次いで、⑦〜⑨のイケルトモナシについて考えたい。

これらのトは、⑦⑧「刀」、⑨「戸」の文字で書かれており、①〜⑥の「跡毛・跡文・友」で書かれた乙類のト（モ）とは違い、こちらは甲類のトである。その場合、語の解釈を行う上で問題が生じる。つまり、乙類のトであるならば、それは上代特殊仮名遣いの観点から助詞ト（モ）と見なしてよいが、甲類のトの場合には助詞ト（モ）の表記と合致しないため、そのトはいったい何なのか、あらためて考え直す必要がある。

注釈書などで一般に広く採用されている説は、イケルトモナシのトを「しっかりした心」の意を表すトゴコロのトと結びつけるものだ。

朝夕《あさよひ》に音《ね》のみし泣けば焼き大刀《たち》のとごころ（刀其己呂）も我は思ひかねつも
（万二〇・四四七九）

いでなにかここだ甚《はなは》だとごころ（利心）の失《う》するまで思ふ恋故《ゆゑ》にこそ（万一一・二四〇〇）

聞きしより物を思へば我が胸は割れて砕けてとごころ（鋒心）もなし（万一二・二八九四）

トゴコロのトは、「鋭い・聡明だ」という意味の形容詞トシ（利）の語幹トと見なすことができるし、イケルトモナシのトもトゴコロのトも甲類のトだから上代特殊仮名遣いにも抵触しない。そこからイケルトモナシを、「生きている自覚、確かな理性もない」の意と考えたのである。

ところが、こうした見方に対して、日本古典文学大系『万葉集』は①二一二番歌の頭注で、「利心のトだけを名詞として用いる例は他になく」と疑問を投げかけた。しかし、そのトが何であるかまでの言及は特になく代案も出されていない。その後、山口佳紀「情神（ココロド）考」（『聖心女子大学論叢』三五集、一九七〇年六月）が、

生ケルトモナシのトを形容詞語幹ト（利）と考えるのも、トが生ケルという連体修飾語を受け、主格に立っている事実からして、上代における形容詞語幹の基本的性格を無視したものである。もっとも、トはトゴコロ（利心）の略形であるとする説き方もあるが、そのような用法も、形容詞語幹の用法としては、他例のないものである。

と有力視されてきた説に語法面から疑念を抱いた。

一方で、『万葉集』にはトゴコロとよく似た、ココロドなる語がある。

出《い》で立たむ力をなみと隠《こも》り居《ゐ》て君に恋ふるに心ど（許己呂度）もなし（万一七・三九七二）
妹《いも》を見ず越《こし》の国辺《くにへ》に年経れば我が心ど（情度）の和《な》ぐる日もなし（万一九・四一七三）

このココロドのドを、先のトゴコロ（利心）のトと同様、形容詞トシ（利）の語幹と見て、「しっかりした心」の意と考える説がある。しかし、これについて山口論文は、

ココロドを「心利」と解するとすれば、「腰細」「草深」などと同じ語構成であることになるが、ココロドは諸例全て主格に立っており、当時の形容詞語幹の基本的性格に合致しないことになる。すなわち、ココロドが「心利」であるかぎり、主格には立ち得ないのである。

と否定し、ココロドのドは形容詞語幹ト（利）ではなく、場所を表す接尾語ト（処）であり、もともと「心臓」の意であったものが「精神」の意になったと推察して、こう述べる（㊟A4

とあるのは四一七三番歌）。

従来、ココロドについて「しっかりした心」の意と考えてきたのは、一つには文脈から仮想したものであろうが、それ以上に、トが利シの語幹であるという先入観から、演繹的に想定したという趣きがあるのではないだろうか。たとえば、A4の「吾がココロドの和ぐる日も無し」も、従来の説にしたがえば、「しっかりした心が平穏になる日もない」というような、甚だ奇妙な言い方がなされていることになる。「情神」「心神」などと表記されていることからしても、ココロドという語自体に、「鋭利」の意が含まれていたとは思われない。

確かに、ココロドを「心利」と考えるのは、形容詞語幹の基本的な用法や、歌意の流れの点から無理がある。

そこで、イケルトモナシのトが何かついて山口論文は、

……ししくしろ　熟睡《うまい》寝《ね》しと（度）に　庭つ鳥　鶏《かけ》は鳴くなり……　（紀・歌謡九六）

のト（傍線部のトはイケルトモナシのトと同じ甲類の万葉仮名で矛盾しない）を示しつつ、次のように説く。

トは、上代文献ではつねにトニの形で現れ、意義もすでに明瞭でないところがあるが、かつては「時間」の意の名詞で、用法ももっと広かったと思われる。して見れば、生ケルトモナシは、「生きている時もない」の意になるのではないかと思う。

これは斬新かつ魅力的な考え方だと思う。なぜなら、「熟睡寝《うまいね》しとに（ぐっすり眠り込んだ時に）」を見れば、ト（時）は過去の助動詞キの連体形シを受けており、イケル（連体形）ト（時）モナシという結合の仕方にも問題がないからだ。他のトニの例もトの上にはやはり連体修飾語（波線）が来ている。

我が背子《せこ》を莫越《なこし》の山の呼子《よぶこ》鳥《どり》君呼び返《かへ》せ夜《よ》の更《ふ》けぬと（刀）に　（万一〇・一八二二）

我がやどの松の葉見つつ我待たむはや帰りませ恋ひ死なぬと（刀）に　（万一五・三七四七）

竜田山見つつ越え来《こ》し桜花散りか過ぎなむ我が帰ると（刀）に　（万二〇・四三九五）

トニの語源について、『古語大辞典』（小学館）は「語誌」で次のように説明する。

語源について、(1)「外《と》」に関係させる説、(2)「時《とき》」に関係させる説、(3)「処《と》」に関係させる説、(4)「程《ほと》」に関係させる説などがある。このうち、(1)は意味的に差があり、(2)はトの甲乙が合わず（トキのトは乙類）、(3)は空間的意味から時間的意味への転化を考えねばならない点に問題がある。(4)は比較的難点がないが、「ほと（程）」の「ほ」の性質が明らかでない所に問題がある。なお、「あさと（朝間）」「ゆふと（夕間）」の「と」と同一の語であろう。〔山口佳紀〕

筆者は、(1)〜(4)の中で(3)「処《と》」に関係させる説を支持したい（これについては後述する）。すなわち、イケルトモナシやトニのトの起源を、

葦垣《あしかき》の隈処《くまと》に立ちて我妹子《わぎもこ》が袖もしほほに泣きしそ思《も》はゆ（万二〇・四三五七）

などの「処・場所」の意を表すトに求めるのである。このト（処）は甲類に所属する万葉仮名で書かれているから、仮名遣いの点でイケルトモナシのトと一致する。

最終的な結論としてイケルトモナシは、山口説「生きている時もない（悲しみなどで生きていると実感できる時間がない）」の意で解釈するのが妥当と考える。けれども、そのトは本来「処」を表していたのであり、それが「時」の意味に転用されるようになった段階で、イケルトモナシやトニの表現が成立したのであろう。

要するに、筆者はイケルトモナシの由来を空間的な意味を表すト（処）から転じた時間的な意味を表すト（時）と考えるのである。空間的な意味から時間的な意味を表すようになった語としては、アヒダ（間）・ウチ（内）・マ（間）などが存する。

▼空間的な意味を表すアヒダ（間）・ウチ（内）・マ（間）の例

かくしてやなほや退《まか》らむ近からぬ道のあひだ（間）をなづみ参《ま》ゐ来て（万四・七〇〇）

大宮のうち（宇知）にも外《と》にも光るまで降らす白雪見れど飽かぬかも（万一七・三九二六）

玉垂《たまだれ》の小簾《こす》のま（間）通しひとり居て見るしるしなき夕月夜かも（万七・一〇七三）

▼時間的な意味を表すアヒダ（間）・ウチ（内）・マ（間）の例

白波の寄せ来る玉藻世《よ》のあひだ（安比太）も継ぎて見に来む清き浜辺《はまび》を（万一七・三九九四）

大君の　任《ま》きのまにまに　取り持ちて　仕《つか》ふる国の　年のうち（内）の　事かたね持ち
……（万一八・四一一六）

夕闇は道たづたづし月待ちていませ我が背子《せこ》そのま（間）にも見む（万四・七〇九）

須山名保子「時は――「時間」の捉え方を語義記述の面から探る――」（『女子聖学院短期大学紀要』二九号、一九九七年三月）には、

跡はア（足）ト（所）で、身体語を含む。足の踏み跡が残ることは、誰かがそこにいたことを示している。〈痕跡〉は時間と空間が出会う点だ。経てきた所また時を指すのが、原義である。のちにアトは、空間的にも時間的にもサキと対義関係を結ぶ。

という記述があり、アトにも空間的な「跡」から時間的な「後」への発展がうかがえ、しかもアトのト（処↓時）はイケルトモナシのト（処↓時）と通じる。それから時間を表すトには、『古語大辞典』（前出一五七頁）にも指摘のあったアサト（朝方）やユフト（夕方）のトがあるが、おそらくこのトも、「処」の意から「時」の意に転じた後の用法であろう。

やすみしし　我が大君の　朝《あさ》と(阿佐斗)には　い倚《よ》り立《だ》たし　夕《ゆふ》と(由布斗)には　い倚《よ》り立《だ》たす……　(記・歌謡一〇三)

結局、イケルトモナシのトは、「時」の意を表す名詞と考えるのが無難であり、それは次の「家道思ふに生けるすべなし」のスベ(術)が名詞であるところからも十分うなずけよう。

草枕この旅の日《け》に妻離《さか》り家道《いへぢ》思ふに生けるすべなし　(万一三・三三四七)

さらに、⑨「我が心どの生けるともなき」(万一一・二五二五)を構文的に酷似した「我が心どの和ぐる日もなし」(万一九・四一七三)と重ねれば、「生けると」が「生きている時」のように、時間的な概念を表す語と見なすことにも納得がいく。

家持のイケルトモナシをめぐって

最後に、⑩の大伴家持の歌を検討する。

⑩は原文が「伊家流等毛奈之」だから、誤字でない限り、イケルトモナシと訓むしかない。

ただし、⑩のイケルトモナシのトは、⑦〜⑨の甲類のトで書かれたイケルトモナシとは異なる乙類のほうの「等」字で表記されており、そこをどう解決するかが厄介なのである。

　この点について、森本健吉「万葉集の字訓仮名に就いて」（佐佐木博士還暦記念会編『日本文学論纂』明治書院、一九三二年六月）はこう解説する。トの甲乙は人麻呂の時代にはすでにある程度混同を生じていたものと考え、①〜⑨をすべてイケリトモナシと訓む。⑩は一字一音でイケルトモナシと訓めるが、このトは乙類だから引用を示す助詞のトと認定され、正しくはイケリトモナシとあるべきである。けれども、それをイケルトモナシと表記したわけは人麻呂などの「生跡毛無」を家持が誤読し間違ったためにイケルトモナシになったのだという。この森本説を支持する澤瀉久孝『万葉集注釈』（中央公論社）は⑩の「訓釈」で、

　トの甲乙の混用は既に人麻呂の時代に行はれてゐるのであり、家持はトの甲乙を区別して使つてをり、ここに「等」の文字を用ゐてゐるのは助詞のトと認めてゐるものと思ふ。さうすればここはイケリトモとあるべきをイケルトモとしたのは家持の誤用と認めねばならない。それならばなぜさういふ誤用をしたかといふと、「生刀毛無」（二・二一五）がイケルトモナシと訓まれてゐた為に、「生跡毛無」もイケルトモナシと誤訓されてゐたのをそのまゝ用ゐたと見るべきであらう。

と書き記す。しかし、こうした見方に対して、山口論文（前出）は、

確かに、トの甲乙の混同はかなり古くから例があるが、万葉集あたりまでを考えれば、まだトフ（問）・トル（取）・トク（解）・ノリト（祝詞）など数語にかぎられており、一般的な混同という事態には至っていないのであるから、簡単に甲乙の混同として片付けるのは、相当危険である。

との判断を下した後で、

特に助詞トの混同例は認められないのであるが、それよりも疑問なのは、家持の誤読という解釈についてである。というのは、たとえ誤読にせよ、なぜそのような誤読が生じたかという点の説明が、これでは十分とはいえない。なぜならば、もしトは全て引用の助詞であり、イケリトモナシという言い方が本来であったとすれば、それに対して、いかに誤りであれ、イケルトモナシという語法的に理解しにくい言い方を、家持がわざわざ提出する必要は全くないのではないか。むしろ、イケルトモナシという言い方が伝承的にせよ存在

したからこそ、家持がそれを踏襲し得たと考えなければなるまい。すなわち、イケルトモナシは、単純な誤解などでは生じ得ない言い方であると思う。

と疑問を呈した上で、自らの見解を披露した。

生ケルトモナシという言い方は、かつては原義が正しく理解されていたろうが、次第に慣用化し、家持の時代には、トがどのような性質の語かが、すでに不明になっていたに相違ない。したがって、全体として「生きた心地がしない」ことを意味する慣用句という程度にしか、意識されていなかったのではあるまいか。そのような状況においては、家持がトの甲乙について誤解を生じたとしても無理はないであろう。一方で、生ケリトモナシという言い方が横行していたことも、その誤解を助けたかも知れない。

⑩が「伊家流等毛奈之」と書かれた理由については、右のように考えるのが穏当であろう。

新形イケリトモナシと古形イケルトモナシ

そうなると、イケルトモナシという言い方が当時すでに伝承的・慣用的なもので、家持がトの甲乙について、正しくはト甲（「刀」字など）なのに、ト乙（「跡」字など）であると誤解を生じるほど、原義がわかりにくくなっていたことを立証できればよい。そのためには、イケルトモナシのほうが、イケリトモナシよりも、古い表現である根拠を示す必要がある。

ところで、二一二番歌は二一〇番歌の、二一五番歌は二一三番歌のそれぞれ第二反歌だが、伊藤博『万葉集の表現と方法（下）』（塙書房）は二一三〜二一五番歌は初案で、それを推敲したものが二一〇〜二一二番歌であるという説を唱えた。

◎推敲（二一〇〜二一二）

(新)うつせみ（打蟬）と　思ひし時に
取り持ちて　我《わ》が二人《ふたり》見し
走《はし》り出《で》の　堤《つつみ》に立てる
槻《つき》の木の　こちごちの枝《え》の

◎初案（二一三〜二一五）

(古)うつそみ（宇都曽臣）と　思ひし時に
携《たづさ》はり　我《わ》が二人《ふたり》見し
出《い》で立ちの　百足《ももだ》る槻《つき》の木
こちごちに　枝《えだ》させるごと

春の葉の　繁《しげ》きがごとく
思へりし　妹にはあれど
頼めりし　児《こ》らにはあれど
世の中を　背《そむ》きし得《え》ねば
(新)かぎろひ（蜻火）の　もゆる荒野《あらの》に
白たへの　天領布《あまひれ》隠《がく》り
鳥じもの　朝立《あさだ》ちいまして
入日《いりひ》なす　隠《かく》りにしかば
我妹子《わぎもこ》が　形見《かたみ》に置ける
みどり子《こ》の　乞《こ》ひ泣くごとに
取り与《あた》ふる　物しなければ
男《をとこ》じもの　わき挟《ばさ》み持ち
我妹子と　二人我《わ》が寝《ね》し
枕《まくら》づく　つま屋の内《うち》に
昼《ひる》はも　うらさび暮らし
夜《よる》はも　息づき明かし

春の葉の　繁《しげ》きがごとく
思へりし　妹にはあれど
頼めりし　妹にはあれど
世の中を　背《そむ》きし得《え》ねば
(古)かぎるひ（香切火）の　もゆる荒野《あらの》に
白たへの　天領布《あまひれ》隠《がく》り
鳥じもの　朝立《あさだ》ちい行《ゆ》きて
入日《いりひ》なす　隠《かく》りにしかば
我妹子《わぎもこ》が　形見《かたみ》に置ける
みどり子《こ》の　乞《こ》ひ泣くごとに
取り委《まか》す　物しなければ
男《をとこ》じもの　わき挟《ばさ》み持ち
我妹子と　二人我《わ》が寝《ね》し
枕《まくら》づく　つま屋の内《うち》に
昼《ひる》は　うらさび暮らし
夜《よる》は　息づき明かし

嘆けども　せむすべ知らに
恋ふれども　逢《あ》ふよしをなみ
大鳥の　羽易《はがひ》の山に
我《あ》が恋ふる　妹《いも》はいますと
人の言へば　岩根《いはね》さくみて
なづみ来《こ》し　良《よ》けくもそなき
(新)うつせみ（打蟬）と　思ひし妹が
玉かぎる　ほのかにだにも
見えなく思へば　（二一〇）
去年《こぞ》見てし　秋の月夜《つくよ》は　照らせども
相見《あひみ》し妹は　いや年離《さか》る　（二一一）
衾道《ふすまぢ》を　引手《ひきで》の山に　妹を置きて
山道《やまぢ》を行《ゆ》けば　(新)生《い》けりともなし　（二一二）

嘆けども　せむすべ知らに
恋ふれども　逢《あ》ふよしをなみ
大鳥の　羽易《はがひ》の山に
汝が恋ふる　妹《いも》はいますと
人の言へば　岩根《いはね》さくみて
なづみ来《こ》し　良《よ》けくもぞなき
(古)うつそみ（宇都曾臣）と　思ひし妹が
灰にていませば　（二一三）
去年《こぞ》見てし　秋の月夜《つくよ》は　渡れども
相見《あひみ》し妹は　いや年離《さか》る　（二一四）
衾道《ふすまぢ》を　引手《ひきで》の山に　妹を置きて
山道《やまぢ》思ふに　(古)生けるともなし　（二一五）

上段と下段で相違する歌詞のうち、語形の新・古を指摘できるものをピックアップすると、次の二語がある。

(新)ウツセミ（二一〇［推敲］）――(古)ウツソミ（二一三［初案］）
(新)カギロヒ（二一〇［推敲］）――(古)カギルヒ（二一三［初案］）

ウツセミとウツソミは、『古事記』に見られる「宇都志意美」の語が、ウツシオミ（原義は顕し臣［生身の人間］）→ウツソミ→ウツセミというプロセスで変化したので、ウツソミよりウツセミのほうが新形と言える。

カギロヒとカギルヒについては、カギル（輝）にヒ（火）のついたカギルヒ（輝火）のルがロに転じてカギロヒになったものだから、カギルヒが古形でカギロヒが新形である。

わずか二語ではあるが、比較した結果、初案の長歌（二一三）のウツソミとカギルヒが古い表現で、推敲した長歌（二一〇）のウツセミとカギロヒが、それよりも新しい表現と見ることができた。

そして、このことは下段の初案のほうに古い語形が見られるのは当然のことだから、下段に示した⑦イケルトモナシ（二一五）が初案で古い表現（ウツソミ・カギルヒ）、上段に示した①イケリトモナシ（二一二）が推敲した新しい表現（ウツセミ・カギロヒ）であるという先の見通しとも符合する。

すなわち、イケルトモナシがイケリトモナシより古い言い方で、古いイケルトモナシのトが何であるかがよくわからなくなっていたとすれば、人麻呂より後世の家持がイケルトモナシのトを甲類で書くべきところを誤って、「伊家流等毛奈之」と乙類の「等」字で表記したことについても、合理的な説明が可能となるのである。

全例イケルトモナシ説

以上は、イケリトモナシとイケルトモナシのトの甲乙が、書き分けられていたという前提に立った場合の話である。

しかし、⑩の「伊家流等毛奈之」を重視し、上代特殊仮名遣いのトの甲乙は混同していたという立場から、①〜⑨はすべてイケルトモナシで訓むべきだと主張する論もある。

本居宣長「玉の小琴（対考）」・「玉かつま」（『本居宣長全集』第五巻・第八巻）
小倉肇「「伊家流等毛奈之」について」（『国学院雑誌』一九六九年五月）
犬飼隆『上代文字言語の研究』（笠間書院、一九九二年二月）
工藤力男「万葉歌を読むための三つの視点」（『別冊国文学［必携］万葉集を読むための基

礎百科』二〇〇二年一一月）

これらの説の要点を箇条書きにすると、次のようになる。

㋑家持の音仮名の表記例「伊家流等毛奈之」によって、①〜⑨も全例イケルトモナシと訓むべきである。

㋺イケルトモナシのトは助詞ではなく、トゴコロ（利心）やココロド（心利）に見られるト（甲類）で、「しっかりした・堅固な」の意と考える。

㋩本来、イケルトモナシのトは甲類だったが、トの甲乙の区別が他の甲乙より早く崩壊したために、イケルトモナシのトは甲乙両方の文字で書かれるようになった。したがって、ト表記の甲乙の違いを反映させて、トの甲類は名詞、乙類は助詞のように別語と考える必要はない。

このうち、㋑については確実に訓読可能な例はイケルトモナシしかないので、それを根拠に①〜⑨も同様に訓むという理屈は一応わかる。㋺に関してはすでに述べたように、形容詞語幹には連体修飾語を受けて主格に立つ用法がないから、「生ける利《と》もなし」と見るのは困難である。㈧については小倉論文（前出）が次のように説明する。

実質概念を持っている名詞「ト」は本来甲類であったのであるが、万葉集時代に於て、乙類音（或いは乙類音に近い音）の方へ合一していった結果、乙類表記が万葉集に見出されると解釈することが出来るのである。そして一方、甲類で表記されているものは、本来の形として、或いはその合流過程上にいわゆる語形の〝ゆれ〟として現われたものと説明出来るであろう。

こうした見方は犬飼・工藤の両論にも見られる。確かにトの甲乙の混同は他の甲乙よりも例が多い。そこで、本章で筆者が下した結論、すなわちイケルトモナシのトを「処」から転じた「時」の意と考えた場合に、この甲乙の混同はどう説明できるのだろうか。
『時代別国語大辞典・上代編』（三省堂）のアト（跡）の【考】を見ると、「アトのトはもとは甲類だが、トの両類の別はやや早く失われるので、乙類の例もまじっている」とある。アトの語源は、「ア（足）＋ト（処）」と考えられる。その「処」の部分に甲乙の混同が見られるのである。筆者は、イケルトモナシのトを「処」から転じた「時」であると想定した。ならばイケルトモナシのトに甲乙の混同が生じていたとしても決して不思議ではない。したがって、①〜

⑩をすべてイケルトモナシで訓む立場をとったとしても、それなりの説明ができる。

おわりに

再び冒頭の二首を示そう。

ⓐ衾道《ふすまぢ》を引手《ひきで》の山に妹《いも》を置きて山道《やまぢ》を行けば生《い》けりともなし　（万二・二一二）

ⓑ衾道を引手の山に妹を置きて山道思ふに生けるともなし　（万二・二一五）

ⓐイケリトモナシと、ⓑイケルトモナシの句を各注釈書がどのように口語訳しているのかを確かめてみると、

日本古典文学大系『万葉集』→ⓐ「生きた心地もない」・ⓑ「生きた心地もしない」
日本古典文学全集『万葉集』→ⓐ「とても生きた気がしない」・ⓑ「現心《うつつごころ》もない」
『万葉集全注』→ⓐ「生きている気もしない」・ⓑ「生きている心地もしない」

となっている。しかしこれでは、ⓐイケリトモナシとⓑイケルトモナシの両句の意味上の差は判然としない。そこで、すでに述べたとおり、

ⓐ引手の山に妻を置いてきて山路を帰って行くと、（私は現に生きているが）たとえ生きていたとしても生き甲斐がないだろう。

ⓑ引手の山に妻を置いてきて山路を思うと、生きている（と実感できる）時もない。

と解釈すれば、ⓐⓑ両歌の最終句の差異は明瞭になる。そう考えることで、作者人麻呂の推敲の意図が、鮮明に浮かび上がってくるのではないだろうか。

第五章　難訓「邑礼左変」に挑む

——これを何と訓《よ》むか？

はじめに

第一章で考察した人麻呂の「乱友」はミダルトモ・ミダレドモ・マガヘドモ・サヤゲドモ・サワケドモなどの訓み方があり、解釈の仕方もさまざまで諸説紛々だった。しかし、それ以上に驚かされるのは、訓じ方が不明。すなわち、信頼の置けるテキストをひもといても訓めないでいる歌句が、ごく少数だが存在することだ。例えば、次の歌の結句がそれである。

不念乎《オモハヌヲ》　思常云者《オモフトイハバ》　天地之《アメツチノ》　神《カ》祇《ミ》毛《モ》知寒《シラサム》　邑礼左変　（万四・六五五）

この歌は『万葉集』巻四に採録されている「大伴宿禰駿河《おほとものすくねするが》麻呂《まろ》の歌三首」の第三首で、初句から第四句までは完全に訓めている。しかしながら、結句「邑礼左変」の訓み方については、木下正俊『万葉集全注』（有斐閣）が当該歌の「注」で次のように記述するとおり、難訓箇所で定訓がない。

○邑礼左変　難訓。「イヲレサカヘリ」（元赭）、「イヲレサハカリ」（紀）、「サトレサカハリ」(西)、「巴礼《トマレ》左変《カクマレ》」(童)、「哥飼名《ウタガフナ》斎《ユメ》」(考)、「言借名《イフカルナ》斎《ユメ》」(古義)、「邑礼左変《サトヤシロサヘ》」(全註釈改造社版)、「邑礼左変《サトノカミサヘ》」(同角川書店版)などの説があるが、いずれも意を得難いか、恣意に過ぎて信を置き得ない。

つまり、現状はこうである。

まず、古写本に見える「邑礼左変」の表記のままで訓もうとした場合には、『元暦校本』のイヲレサカヘリ、『紀州本』のイヲレサハカリ、『西本願寺本』のサトレサカハリのように、ただ訓んだというだけで、意味が全然とれない。

一方、誤字を想定して訓んだ場合には、『万葉考』の「哥飼名《ウタガフナ》斎《ユメ》(決して疑うな)」とか、『万葉集古義』の「言借名《イフカルナ》斎《ユメ》(決して不審に思うな)」のように一応歌意はとれる。しかし、誤字の可能性を十分に検証することなく、「邑礼左変」の四文字すべてを恣意的に書き換えてしまったために支持を得られなかった。

『万葉童蒙抄』の「巴礼《トマレ》左変《カクマレ》」は誤字を「巴」の一文字に限ったが、文字と訓みの間に距離があり、納得しかねる。

『万葉集全註釈』の「邑礼左変《サトヤシロサヘ》」と「邑礼左変《サトノカミサヘ》」は誤字を想定せず、そのまま訓んでいる点はよい。ただし、「礼」字をヤシロやカミで訓むのは苦しく、かつ副助詞サヘのへを「変」字で表記したと考えるところにも無理があって、簡単に承認できない（理由は後で述べる）。「邑礼左変」は果たして訓めるのだろうか。本章では、新訓を提示したい。

「左変」はサカフ

論述の都合上、まず、「邑礼左変」の下二文字「左変」の訓み方から考えることにする。「左」字は音仮名サとして、『万葉集』の中に六百余りの使用例があり、問題の六五五番歌に続く次の歌にもナグサ（慰）のサを表記した例が見えるので、「左」字をサと訓む。

……言《こと》のなぐさそ（言乃名具左曾）　（万四・六五六）

次に「変」字だが、これを音仮名のへに使用した例は『万葉集』に一例も無い。もし、へで訓もうとすると、「左変＝サヘ」となるが、上代特殊仮名遣い（第四章の「上代特殊仮名遣いとは」を参照）では、助詞サヘのへは乙類で表記されるはずである。ところが、この「変」字は当時の中国語の原字音に照らして見た場合に、への乙類音節に当てる文字としてふさわしくないことが、これまでの研究から明らかになっている。よって、「左変」を助詞のサへで訓むのは仮名遣いの上から困難と判断される。

そうすると、「邑礼左変《サトヤシロサヘ》」（全註釈改造社版）とか、「邑礼左変《サトノカミサヘ》」（同角川書店版）のように助詞のサへで訓む説は、万葉仮名の仮名遣いの点で抵触することになる。結局、「変」字は訓仮名として訓む方向で考えざるを得ない。

そこで、平安末期の漢和辞書『類聚名義抄』を見ると、「変」字にはカフの訓がつけられている。ならば、「左変」はサカフと訓める。サカフ（境・界）とは、「間に境界線を置いて、境をつける・分け隔てる・区画する」という意味を表す四段他動詞である。このサカフの語源は、次のように考えられている。

『時代別国語大辞典・上代編』（三省堂）↓境界の意のサカの動詞化したものか

『古語大辞典』（小学館）↓動詞「さ（裂）く」の未然形「さか」＋接尾語「ふ」

そして、『古語大辞典』の「さか【境・界】〔名〕」の項目の「語誌」には、以下の解説が見える。

境の「さか」と坂の「さか」とは同源で、さらに、「つ（築）く」―「つか（塚）」などの類例から「さ（裂）く」と同源かといわれる。これを動詞化したものが「さかふ」、それの名詞形が「さかひ」で、これが一般化して、坂の意の「さか」と区別して用いられるようになったものと思われる。
［漆原直道］

動詞サカフは一字一音の仮名書き例ではないけれども、『万葉集』に連用形サカヒとして、その訓み方にまったく問題のないものが一例見られる。

大君の境《さか》ひたまふと（界賜跡）山守《やまもり》据《す》ゑ守《も》るといふ山に入《い》らずは止《や》まじ　（万六・九五〇）

右の「大君の境ひたまふと……」は、「大君が境界をお決めになると……」と解釈される。ここに使用された「界」字を『類聚名義抄』で調べると、動詞サカフと名詞サカヒの二つの訓がつけられている。なお、『万葉集』には動詞のサカフだけでなく、「境」や「界」の文字で表記された「境界」を意味する名詞のサカヒも、それぞれ一例ずつあるので示しておく。

……唐《もろこし》の　遠きさかひに（遠境尓）……　（万五・八九四）

……遠《とほ》つ国　黄泉《よみ》のさかひに（黄泉乃界丹）……　（万九・一八〇四）

以上、ここでは「左変」がサカフと訓めること、『万葉集』に動詞のサカフや名詞のサカヒの例が存すること、の二点を確認した。

「邑」はクニ

続いて、「邑」字の訓みを考えよう。「邑」字は『万葉集』の歌の表記には例が無く、人名を表記する際のオホ（呉音に対応）に当てられた左注と題詞の二例があるのみ。

邑知王《オホチノオホキミ》　（万一七・三九二六［左注］）
邑婆《オホバ》　（万二〇・四四三九［題詞］）

そこで、紀元百年頃に成立した中国現存最古の字書『説文解字』で、「邑」字を調べると、「邑、國也」とある。また、『類聚名義抄』で「邑」字を見ると、ムラやサトと並んで、クニの訓が載っている。これらを根拠として、「邑」字をクニと訓むことにする。

これは考え得る訓の一つとして可能なだけではなく、問題の句を解釈する上で極めて重要な意味をもつ。なぜなら、「国の境をつけ、分け隔てる」という意味を表す「国（を）境《さか》ふ」という言い方が、文献によって確かめられるからで、この事実を見逃してはならない。

昔、丹波と播磨と国を堺《さか》ひし時に……　（播磨風土記・託賀郡）

……三国をさかふ富士のしば山　（玉葉・一一六六）

……七の道の国さかふらし　（新拾遺・一四二一）

すなわち、「邑」字をクニと訓めば、すでに検討済みの動詞サカフとの組み合わせにより、「邑……左変→クニ……サカフ」の表現が見事に成立するのである。それに、「国の境」という連語もあるので、一瞥しておく。

常陸《ひたち》・下総《しもつふさ》二つの国の堺《さかひ》なり　（常陸風土記・香島郡）

国のさかひの内は　（土佐日記・一月九日）

先に例を示した「唐の遠き境に」や「遠つ国黄泉の境に」の場合も、やはりサカヒはクニとの関連で使われていた。さらに、『類聚名義抄』で「邦」字を引くと、クニとサカヒの両訓が記載されている。これなどは、クニとサカヒが互いに密接な関係にあることを示唆する証拠と言えよう。「境界線で囲まれた領域」がそもそもクニであるのだから、クニが動詞のサカフや名詞のサカヒと結びつくのは当然のこととして理解できる。

「邑」字にはムラやサトの訓の可能性もある。しかし、サカフとの対応関係を考慮すれば、クニの訓のほうを選択すべきであろう。

「礼」はコソ――第一の考え方

それでは、最後に残った「礼」字の考察に移ろう。考え方は二通りあるが、結論はいずれの場合も係助詞コソで訓むことになる。

まず、「第一の考え方」について説明する。この考えは、係助詞コソを書く際に「社」字が用いられるのと同様の理由で、「礼」字も係助詞コソを表記することが可能であるとするものである。

さて、上代には動詞の連用形に接続して、「……してくれ・……してほしい」と希望の意味を表す（係助詞のコソとは違う）終助詞のコソがあった。『万葉集』には、「欲」（一六例）・「乞」（九例）・「社」（一〇例）の各文字で終助詞コソを書いた例が見られる。いま、それぞれの例を一つずつ示そう。

いで我が駒《こま》早く行きこそ（欲）真土山待《まつちやま》つらむ妹を行きてはや見む　（万一二・三一五四）

⇩さぁ、我が馬よ、早く行ってくれ。真土山という名のように待っているであろう妻を

行って早く見よう。

我が背子《せこ》は相思《あひおも》はずともしきたへの君が枕は夢《いめ》に見えこそ（乞）　（万四・六一五）

⇩あなたは思ってくれなくても、せめてあなたの枕は私の夢に見えてほしい。

明《あ》け闇《ぐれ》の朝霧隠《あさぎりご》もり鳴きて行く雁《かり》は我が恋妹に告げこそ（社）　（万一〇・二一二九）

⇩未明の闇の朝霧に包まれて鳴いて行く雁よ、私の恋しい思いを妻に告げてほしい。

『類聚名義抄』でこれら三文字の訓を調べてみると、「欲」にはネガフ、「乞」にはコフ、「社」にはイノルの訓が見え、いずれも「神仏などに祈り願う」という似通った意味をもっていることがわかる。だから、「欲」「乞」「社」の三文字は希望の意を表す終助詞コソに当てられたのである。

ところが、この三文字の中で、さらに係助詞コソを表記する場合にも使用された文字となると、それは「社」の一字に限られる。

……浦なしと　人こそ見らめ（人社見良目）……　　（万二・一三二）

⇩……よい浦がないと、他の人こそ見るだろうが……

「欲」と「乞」の二字には、右の「社」字のように係助詞コソに当てられた例が、まったく見出せない。どうして、「欲」と「乞」の二字は係助詞コソの表記に一例も用いられなかったのだろうか。それは両文字の表す希望の意味合いの強さに、おそらく原因があるのだと思う。その証拠として、『万葉集』には、「欲」字でもって形容詞の「欲し」を、「乞」字でもって動詞の「乞ふ」を表記した例が見られる。

……ねもころ見まく欲《ほ》しき君かも（欲君可聞）　（万四・五八〇）

……みどり子の　乞《こ》ひ泣くごとに（乞泣毎）……　（万二・二一〇）

「欲」と「乞」の文字は、本来の字義から希望の終助詞コソを表記する際には何ら抵抗無く使われた。ところが、同音の係助詞コソを表記するには、希望の意味合いが強く出過ぎるために転用されなかったのであろう。つまり、「欲」や「乞」の文字は係助詞コソとして受け取られにくく、誤読（例えば「欲し」や「乞ふ」など）の危険性があるために使用されなかったのではないか。

それに対して、「社」字のほうは、『類聚名義抄』に載っているモリ・ヤシロが基本的な訓で、『万葉集』にも用例が見られる。

……うち越えて　名に負《お》へる社《もり》に（名二負有社尓）　風祭《かざまつ》りせな　（万九・一七五一）

……ちはやぶる神の社《やしろ》に（神之社尓）……　（万四・五五八）

要するに、「社」字の場合には、神仏にお願いする場所そのものを表すモリ・ヤシロのほうが本来的な訓であって、それが希望の終助詞コソに当てられたのは、社はお祈りをする場所だから希望のコソに当てられたのであり、これはむしろ「社」字の拡大用法と考えられる。

それがさらに希望の意味を担わない係助詞コソを表記する際にも利用されるようになったのは、「社」字のもつ希望の意味合いが、「欲」や「乞」の文字に比べて非常に弱く、ほとんど感じられなかったからに相違ない。そういう理由で、「社」字は係助詞コソへの表音記号化、すなわち、希望のコソから同音の係助詞コソへの転用（用法の拡大化）が円滑に進んだものと推察される（ちなみに、現代でも「大社《おおこそ》」や「村社《むらこそ》」と書く名字がある）。

さて、ここで問題の「邑礼左変」の「礼」字を『類聚名義抄』で調べると、イノルやヲガムの訓が見える。よって、「礼」字にも「欲」「乞」「社」の三文字と同様、「神仏などに祈り願う」という意味が認められる。ならば、「礼」字を希望の終助詞コソに用いることがあったとしてもおかしくない。それに「礼」字の本義は、「守り行うべき作法や儀式・敬意や謝意を表すこと」にあり、希望を表す意味合いは「社」字の場合と同じく極めて消極的であるから、「礼」字を係助詞コソで訓むことにも抵触せず、この考えは理論的に成り立つ。

ただ、右のように考えた場合、「礼」字をコソに当てた例が、『万葉集』に無いのが難点となる。しかし、『万葉集』には他にも、唯一それだけという孤立した表記例が存在する。例えば、次の「最」字をトホキと訓ませる例がそれである。

うちなびく春さり来《く》らし山の際《ま》の遠《とほ》き木末《こぬれ》の（最木末乃）咲き行く見れば

（万一〇・一八六五）

傍線部の「最」字の訓み方について、日本古典文学大系『万葉集』は当該歌の頭注で、次のように解説する。

遠き木末の—原文、最木末乃。最は広韻に極也とあり、極は名義抄に、イタル・カギリなどの訓とともに高・遠などと注してある。また、巻八、一四二二にこれとほぼ同じ歌があり、「遠木末乃」とある。よって「最」をトホキと訓む。

また、次の結句「亮左」はサヤケサと訓じられる。

このころの秋の朝明《あさけ》に霧隠《きりごも》り妻呼ぶ鹿の声のさやけさ（音之亮左）　（万一〇・二一四一）

このサヤケの表記例も『万葉集』では唯一の例であるが、新編日本古典文学全集『万葉集』は、頭注で「声のさやけさ—サヤケシの原文の「亮」は、『新撰字鏡』に「朗也」とある」と解説している。

このように、しかるべき理由があって、トホキに「最」字を当てたり、サヤケに「亮」字を当てた特別な表記もあるのだから、「礼」字をコソに使用した例が『万葉集』に見当たらないことは、それほどの障害にはならないだろう。すでに論じたとおり、字義の点から「礼」字をコソと訓み得る論拠があるのだから。

ここでは「第一の考え方」として、「礼」字は「社」字が係助詞コソに使用されるのと同じ理由でもって、コソと訓める可能性を指摘した。

「礼」は「社」の誤字でコソ─第二の考え方

次いで、「第二の考え方」を説明しよう。この考えは、『万葉集』に「社」字を係助詞コソで訓んだ例が多数見られるところから、「社→礼」の誤写を想定し、つまり本文を「社」字に改めてコソと訓むものである。それは以下の根拠に基づく。

現存諸本は、いずれも「礼」字で書写されており、「社」字で書かれた写本は見出せない。ただ、「礼」字と「社」字は誤写の範囲内に十分入る字形であると考えられる。現に鎌倉末期の写本である『紀州本』を見ると、「邑礼左変」の「礼」字は「社」字と類似している。

また、古く平安中期に書写された『元暦校本』にも、「社」字と「礼」字で似通った字形が見えるので、次に示そう。

「社」字（万七・一三四四）

「礼」字（万四・五六〇）

このように、両字は行書体になると、近似してくる。

それでは、『万葉集』の古写本中に「社↓礼」の誤写の例が実際に存在するのかというと、平安末期の『類聚古集』に見出せる。

明日香《あすか》川《がは》七瀬《ななせ》の淀《よど》に住む鳥も心あれこそ（意有社）波立てざらめ　（万七・一三六六）

右のコソを表記するのに用いられた「社」字は、『類聚古集』では左のようになっている。

御覧のとおり、写し間違えた「礼」の文字を見せ消ち（写本等で消した文字が読めるように消すやり方）にした上で、その右側に「社」の文字を新たに書き加え、訂正している。これは「礼」字と「社」字の誤写の実例として、たいへん貴重である。

さらに、「社」字を係助詞のコソに用いた例が、問題の六五五番歌と同じ巻四に八例見えるので列挙しよう。

一日《ひとひ》こそ（一日社）人も待ち良き……（万四・四八四）

……生《い》ける日のためこそ妹を（為社妹乎）見まく欲《ほ》りすれ（万四・五六〇）

……櫛笥《くしげ》の内の玉こそ思ほゆれ（珠社所念）（万四・六三五）

……人の言《こと》こそ（人之事社）繁《しげ》き君にあれ（万四・六四七）

……逢ひて後《のち》こそ（相而後社）悔《く》いにはありといへ（万四・六七四）

……絶えずて人を見まく欲《ほ》りこそ（欲見社）（万四・七〇四）

……君が名立たば惜《を》しみこそ泣け（惜社泣）（万四・七三一）

……思へこそ（念社）死ぬべきものを今日までも生《い》けれ　（万四・七三九）

こうした事柄を考え合わせれば、「社→礼」の誤写を考えるのも、あながち無理なことではない。コピー機で複写するのとは違って人間の直接の手作業だから、写し継がれていく過程で写し誤りが生じることもあり得る。古写本には誤字がつきものだ。以下、誤字とおぼしき例をいくつか示そう。

ⓐ降る雪はあはにな降りそ吉隠《よなばり》の猪養《ゐかひ》の岡の寒からまくに（寒有巻尓）　（万二・二〇三）
ⓑみさご居る荒磯《ありそ》に生《お》ふるなのりそのよし名は告《の》らせ（吉名者告世）親は知るとも　（万三・三六三）
ⓒ言清《こときよ》くいたくもな言ひそ一日《ひとひ》だに君いしなくは堪へ難《がた》きかも（痛寸敢物）　（万四・五三七）
ⓓ韓衣《からころもき》着奈良《なら》の里のつま松に（嬬待尓）玉をし付けむ良き人もがも　（万六・九五二）

傍線を引いた各文字は、誤字と見なされ、みな改められた結果の表記である。すなわち、ⓐ「塞」→「寒」・「為」→「有」、ⓑ「告」→「吉」、ⓒ「取」→「敢」、ⓓ「嶋」→「嬬」に、それぞれ訂正されたのだが、その経緯を知るために新編日本古典文学全集『万葉集』の各頭注の記述を引用しておく。

ⓐ寒からまくに—寒カラマクは寒クアラムのク語法。原文は底本など大部分の古写本に「塞為巻尓」とあるが、金沢本のみ「寒為…」とある。訓は金沢本を含めた全古写本に「せきに…」と読んでいるが、訓が必ずしも漢字本文に忠実でなく独走し、やがて古写本筆者がその訓に合わせて本文を捏造することが少なくない（解説四一七ページ）。ここも「寒」を原本の姿と認める。ただし、「為」は草体が「有」のそれに近く相互に誤りやすいため、「有」の誤字とする説に従う。

ⓑよし名は告らせ—原文「告名者告世」の上の「告」は「吉」の誤りとする『万葉集略解』の説による。

ⓒ堪へ難きかも—原文には「痛寸取物」とあるが、「痛寸」は『名義抄』に「痛、タヘカタシ」とあり、「取」は「敢」の誤りとして「敢物」をカモと訓む説による。

ⓓつま松に—このツマは性別に関係なく配偶をいい、それを待つ意で同音の松にかける序詞的用法。原文に「嶋松」とあるが、「嶋」を「嬬」の誤りとする佐竹昭広説による。

このように『万葉集』には、誤字と認められる文字がいくつか存する。現存する古写本で、どうしても訓めない場合、それが根拠のある合理的な誤字説であるならば、最終的な手段として採用することがあってもよいだろう。

こうしてみると、「社→礼」の誤写を想定した上で、係助詞コソで訓む「第二の考え方」も十分に成立すると考える。

以上、二通りの考え方について説明したが、「邑礼左変」の二文字目は、「礼」字のままでも、「礼」を「社」の誤字と見なした場合でも、どちらも係助詞コソで訓み得るという結論に変わりはない。

クニコソサカへ

ここでは「左変」表記から導かれる、四段動詞サカフ（境）のあり得る活用形について確認しておきたい。サカフの活用の仕方は、

未然形	連用形	終止形	連体形	已然形	命令形
サカハ	サカヒ	サカフ	サカフ	サカヘ	サカヘ

である。
　そこで、サの音を表す「左」字に、「変」字を組み合わせて、どう訓むのかが問題となる。「変」字の表す活用形（下二段動詞カフの活用形）は、

未然形	連用形	終止形	連体形	已然形	命令形
カヘ	カヘ	カフ	カフル	カフレ	カヘヨ

であるから、「左変」を活用させた訓みの可能性は次の六通りになる。

サカヘ・サカヘ・サカフ・サカフル・サカフレ・サカヘヨ

　右の中で、上代語の文法や音韻に背反しない四段動詞サカフ（境）と共通する語形はどれかというと、サカフ（終止形）・サカフ（連体形）・サカヘ（已然形）の三つの活用形に限定される。

サ＋「変ふ」の終止形カフの組み合わせ→サカフ（境）の終止形

サ＋「変ふ」の終止形カフの組み合わせ↓サカフ（境）の連体形
サ＋「変ふ」の未然形もしくは連用形カへの組み合わせ↓サカへ（境）の已然形

なお、命令形サカヘ（境）のへは、上代特殊仮名遣い（第四章の「上代特殊仮名遣いとは」を参照）の甲類のへであるのに対し、カフ（変）の未然形カへと連用形カへはどちらも乙類のへである。よって命令形サカへは、甲乙の点から仮名ちがいとなってしまうので、除外せざるを得ない。一方、已然形サカへの場合は、乙類のへであるから仮名遣いの点で矛盾しない。

そうすると、「左変」は、その上にある「国こそ」の係助詞コソの係り結びになる語なので、「左変」は已然形サカへで訓まれることになるが、それはいま確認したとおり、上代特殊仮名遣いの点からも妥当なものとなる。

しかも、このサカへ〈左《サ》＋変《カヘ》〉と同様の書式、すなわち〈借音仮名＋借訓仮名〉で書かれた語には次のような実例があり、それほど特殊な表記ではない（問題の六五五番歌と同じ巻四にも見える）。

紫草《むらさき》〈武《ム》良《ラ》＋前《サキ》〉野行《ゆ》き（万一・二〇）
なづみ〈奈《ナ》＋積《ヅミ》〉来《こ》し（万二・二一三）

網代〈阿《ア》＋白《ジロ》〉木に（万三・二六四）
わびしみ〈和備《ワビ》＋染《シミ》〉せむと（万四・六四一）
潮干《しほひ》のなごり〈奈《ナ》＋凝《ゴリ》〉（万六・九七六）
神《かむ》さぶる〈左《サ》＋振《ブル》〉（万七・一一三〇）
声なつかしき〈奈都《ナツ》＋炊《カシキ》〉（万八・一四四七）
すがる〈須《ス》＋軽《ガル》〉娘子《をとめ》の（万九・一七三八）
しなひ〈四《シ》＋搓《ナヒ》〉にあるらむ（万一〇・二二八四）
くくり〈久《ク》＋栗《クリ》〉寄せつつ（万一一・二七九〇）
夜はすがら〈須《ス》＋柄《ガラ》〉に（万一三・三二七〇）

結論として、「邑礼左変」もしくは誤字を一字想定した「邑社左変」は、「国こそ境へ」と訓じることができる。

そして、『万葉集』では「コソ……已然形」で言い切りになる語句の多くが逆接確定条件句を構成する。それに関しては大野晋『係り結びの研究』（岩波書店、一九九三年一月）が、次のごとく歌例を列記し、歌意を示して説くとおりである（一〇四～一〇五頁）。

昔こそよそにも見しか吾妹子が奥つ城《き》と思へば愛《は》しき佐保山（万葉四七四）

（昔コソ縁ガナイト見タケレド、妻ノ墓所ト思ウトイトシイ佐保山デアル）

玉藻こそ引けば絶えすれ何《あ》どか絶えせむ（万葉三三九七）

（玉藻コソ引ケバ切レルケレド（我々ノ仲ハ）何デ切レルコトガアロウ）

吾が背子に直《ただ》に逢はばこそ名は立ため言の通ひに何かそこゆゑ（万葉二五二四）

（恋人ニ直接逢ッタノナラバコソ評判モ立ツダロウガ、言葉ダケノ行キ来デドウシテソンナコトデ（噂ガタツノデショウ））

こうした例から、「国こそ境へ」は「国こそ境をつけているけれども」という意味になる。

当時、国の境をつけるのは「大君（天皇）」で、それは次の歌からわかる。

大君の境《さか》ひたまふと（界賜跡）山守据《やまもりす》ゑ守《も》るといふ山に入《い》らずは止《や》まじ　（万六・九五〇）

一首の解釈

それでは、六五五五番歌を次のように訓んで、一首全体の解釈を試みる。

思はぬを思ふと言はば天地の神も知らさむ国こそ境へ　（万四・六五五）

歌意は、「私があなたのことを恋しく思っていないのに思っていると言ったならば、天地の神々もお見通しであろう。国こそ境をつけているけれども（心は結ばれている）」となる。

ここで、もう少しことばを補って解釈すれば、「あなたと私とは互いに国が別々で離れた所に住んでいるので、あなたは私の気持ちを確かめられないかもしれないが、だからといって私が嘘を言ったら、それぞれの国の社に神はもちろんいるのだけれども、国の境を超越している天地の神々も当然お見通しのはずだから、心配する必要はまったくない」となるが、国々の社に神がいたことは、次の歌を見れば明らかだ。

国々《くにぐに》の社《やしろ》の神に幣奉《ぬさまつ》り我《あ》が恋すなむ妹がかなしさ　（万二〇・四三九一）

⇩諸国の社の神々に幣を捧げて、私を恋い慕っていることであろう妻のいとしさよ。

また、あなたと私が互いに離れた所に住んでいる状況は、この六五五番歌を含む「大伴宿禰駿河麻呂の歌三首」の第一首で、「心では忘れていないのだが、たまたま会わない日が続き、一月《ひとつき》も経ってしまいました」と歌うところから推測できる。

心には忘れぬものをたまさかに見ぬ日さまねく月そ経《へ》にける　（万四・六五三）

ところで、問題の大伴宿禰駿河麻呂の歌をより深く理解するには、大伴坂上郎女の歌と関連させながら解釈を行う必要がある。なぜならば、駿河麻呂と坂上郎女は深い血縁関係にあり、きょうだい（坂上郎女のほうが年上）のように育ったからである。巻四における二人のやりとりは、次の六四六番歌から始まる。

大伴宿禰駿河麻呂の歌一首

ますらをの思ひわびつつ度《たび》まねく嘆く嘆きを負はぬものかも　（万四・六四六）

⇩ますらおたる私が遣る瀬ない思いで何度も嘆く、その嘆きの報いをあなたは身に受けないのでしょうか。

大伴坂上郎女の歌一首

心には忘るる日なく思へども人の言《こと》こそ繁《しげ》き君にあれ　（万四・六四七）

⇩心では忘れる日もなく思っているのに、人の噂が頻繁に聞こえてくるあなたですね。

大伴宿禰駿河麻呂の歌一首

相見《あひみ》ずて日長《けなが》くなりぬこのころはいかに幸《さき》くやいふかし我妹《わぎも》　（万四・六四八）

⇩お会いせずに日数がたちましたが、近頃はお変わりありませんか。あなたのことが気がかりです。

大伴坂上郎女の歌一首

夏葛《なつくず》の絶えぬ使ひのよどめれば事しもあるごと思ひつるかも　（万四・六四九）

⇩絶えなかったお使いが来なくなったので、何か事が起こったのかと思いましたよ。

この一連の四首について、伊藤博『万葉集釈注』（集英社）は次のように説明する（五六六～五六七頁）。

右の四首は、身内の大伴駿河麻呂と坂上郎女とが互いの起居の相問にかこつけて恋人同士を装った歌である。駿河麻呂は坂上郎女の娘坂上二嬢《おといらつめ》の夫となった人。だから、四首は、娘婿と姑とが贈答歌に恋物語を楽しんだものである。その点を無視して、度が過ぎたものとし、坂上郎女を悪女のようにいうのは、天平の歌の本質を知らぬ者の発言といえよう。（傍線引用者）

右の記述で、「恋人同士を装った歌」という把握の仕方は的を射ているように思う。二人はどうやら単純な恋人関係ではなさそうだ。続けて「天平の歌の本質」について、以下のように説く（五六八頁）。

男が結局女の範疇に呼びこまれた点を考慮すると、四首の裏には二嬢が置かれているらしい。二嬢の映像をちらりちらり陰に置いて、表立っては二人が二人の恋として掛け引きをしている点がしたたかで、天平の世の人びとはこのしたたかさを文化として尊んだのである。

では次に問題の歌を含む、駿河麻呂の六五三〜六五五番歌と、それに続く坂上郎女の六五六〜六六一番歌をまとめて示そう。

大伴宿禰駿河麻呂の歌三首

心には忘れぬものをたまさかに見ぬ日さまねく月そ経にける　（万四・六五三）

⇩心では忘れていないものの、たまたま会わない日が多く、ひと月が経ってしまった。

相見ては月も経なくに恋ふと言はばをそろと我《あれ》を思ほさむかも　（万四・六五四）

⇩会ってからひと月も経たないのに恋しく思うと言えば、せっかちだと私をお思いになるでしょうね。

思はぬを思ふと言はば天地《あめつち》の神も知らさむ国こそ境へ　（万四・六五五）

⇩（私があなたのことを）思わないのを思うと言えば、天地の神もお見通しでしょう。国こそ境をつけているけれども。

大伴坂上郎女の歌六首

我のみそ君には恋ふる我が背子《せこ》が恋ふと言ふことは言のなぐさそ　（万四・六五六）

⇩私だけがあなたに恋しているのです。あなたが恋していると言うのは単なる言葉の上の慰めですよ。

思はじと言ひてしものをはねず色のうつろひ易《やす》き我が心かも　（万四・六五七）

⇩（もう恋しいと）思うまいと言っていたのに、変わりやすい私の心よ。

思へども験《しるし》もなしと知るものをなにかここだく我が恋ひ渡る　（万四・六五八）

⇩思っても何の甲斐もないと知りながら、どうしてこんなに私は恋し続けるのだろう。

あらかじめ人言繁《ひとごとしげ》しかくしあらばしゑや我が背子奥《おき》もいかにあらめ　（万四・六五九）

⇩まだ事が進まないうちから、もう人の噂がうるさい。これでは、まぁ、あなた、将来はどうなるのでしょうか。

汝《な》をと我《あ》を人そ放《さ》くなるいで我が君人の中言《なかごと》聞きこすなゆめ　（万四・六六〇）

⇩あなたと私の間を人が引き離そうとしているようです。ねぇ、あなた、人の中傷など決してお聞きにならないで。

恋ひ恋ひて逢へる時だに愛《うつく》しき言尽くしてよ長くと思はば　（万四・六六一）

⇩恋し続けてやっと会えたその時だけでも、心のこもった優しい言葉をたくさん言って下さい。末長くいつまでもと思うのならば。

伊藤博『万葉集釈注』は、最初の「大伴宿禰駿河麻呂の歌三首」を「六五六〜六一の歌六首を詠む坂上郎女を相手とする歌。六四六〜九以上に恋歌を楽しみ、物語を地で行く趣が強い」（五七三頁）ととらえる。

続く「大伴坂上郎女の歌六首」に対しては、駿河麻呂と坂上郎女の句と句の間の緊密な対応関係を次のように指摘する（五七六頁）。

駿河麻呂の六五三〜五の歌に返すかたちになっている。ただし、前半三首と後半三首とに分かれ、後半は駿河麻呂の三首からはみ出た歌いぶりになっている。

六五六の「恋ふといふこと」は、駿河麻呂の第二首（六五四）の「恋ふと言はば」に応じている。また、この「恋ふといふこと」の具体的な内容は、駿河麻呂の第一首（六五三）そのものである。六五七の「思はじと言ひてしものを」、六五八の「思へども」は、駿河麻呂の第三首（六五五）の「思はぬを思ふと言はば」を意識した表現と思われる。また、六五八の結句、「我《あ》が恋ひわたる」は、駿河麻呂の第一首の結び「月ぞ経にける」に響き合うようになっている。

その上で、歌群全体をこう総括する（五七七頁）。

坂上郎女の六首の答え方は、どう見ても物語的である。相手の三首にかかわりながら転換と展開とが見られ、落ちまでつけられていて、実用の相聞というよりは、「恋歌」の贈答を文学的に交わして楽しむところがある。ここでも、駿河麻呂と坂上郎女とは、互いに二嬢の映像を下地に置いているのかもしれない。しかし、その点を生まじめに問題にして、郎女の歌は二嬢の代作などといってしまうと、文雅が一挙に消え失せてしまうというのが、この歌群であるように思う。

引き続き『万葉集釈注』の解説を引用しながら、私訓「国こそ境へ」が歌群の中でどう位置づけられるかを考えてみたい。

まず、駿河麻呂の第一首（六五三番歌）について、次のように言う（五七三頁）。

……音沙汰なしに過ごしたことを、一月も訪れなかったという大げさなかたちでわびる挨拶歌である。上二句が坂上郎女の六四七に似ている。意識したものか。

そして、前歌の結句「月そ経にける」を受け継いだ第二首（六五四番歌）にはこうコメントする（五七四頁）。

大げさな前歌の物言いが空回りしていることをみずから知り、先手を打って言いわけをしているところがおもしろい。

それで、問題の第三首（六五五番歌）については左のように述べる（五七四頁）。

……勝手に弁明している。この歌、4五六一、12三一〇〇に類歌があり、それと同じ内容が第四句までにこめられている。結句に駿河麻呂独自の意味を盛ったものらしい。しかし、残念ながら、この句には定訓がない。（傍線引用者、類歌については後述）

以上の流れを考慮して、「国こそ境へ」と訓むならば、まさに二人が容易に会えない理由、つまり（男が旅でもしているのか）距離的に離れ離れであることがはっきりとするし、三首に一貫した駿河麻呂の「言い訳・弁明・釈明」の姿勢が、第三首の結句「国こそ境へ」で、より一層際立つことになるのではないだろうか。

ただし、表現と現実とは違うのかもしれない。「国こそ境へ」は表現上は「国こそ境をつけて互いに隔たったところにいるけれども」と、あたかも遠くにいるかのような歌いぶりである。けれども、二人は実際には意外と近くに住んでいるのではないか、と想像される。この点は、伊藤博『万葉集釈注』が説くように「身内の大伴駿河麻呂と坂上郎女とが互いの起居の相問にかこつけて恋人同士を装った歌」で、「娘婿と姑とが贈答歌に恋物語を楽しんだもの」（前出一九九頁）であるなら、誇張した表現をあえて選択しているという可能性も大いに考えられるからである。とは言え、これも一つの解釈に過ぎない。歌の真意に迫ることは本当に難しい。

類歌との比較

ところで、前頁の引用文にも見られるとおり、問題の歌には類歌が二首ある。

不念乎《オモハヌヲ》　思常云者《オモフトイハバ》　大野《オホノ》有《ナル》　三笠社之《ミカサノモリノ》　神思《カミシ》知三《シラサム》　（万四・五六一）
不想乎《オモハヌヲ》　想常云者《オモフトイハバ》　真《マ》鳥住《トリスム》　卯名手乃社之《ウナデノモリノ》　神思《カミシ》将御知《シラサム》　（万一二・三一〇〇）

二首を見ると、「大野なる三《み》笠《かさ》の社《もり》の神」や「真鳥住む雲梯《うなで》の社《もり》の神」のように神の所在を特定している。ところが、六五五五番歌では「天地の神も」と歌う。なぜ、ここに「天地の神」をわざわざ登場させる必要があったのであろうか。「天地の神」とは天神地《てんじんち》祇《ぎ》の意で、『万葉集』に二十例ほど見られるが、それは国などの所属を定めない、いわゆる広範囲な「八《や》百《お》万《よろず》の神々（多数神）」を指す。そのことは、次のように「天地の神」に「たち」や「いづれ」といった複数を表す語のついた例があるところから察することができる。

……天地《あめつち》の　大御《おほみ》神たち（大御神等）　大和の　大国御《おほくにみ》魂《たま》……　（万五・八九四）

天地《あめつし》のいづれの神を（以都例乃可美乎）祈らばか愛《うつく》し母にまた言問《ことと》はむ

（万二〇・四三九二）

それゆえ、たとえ国の境界があろうとも、それを超越し得る神々（天の神・地の神）なのである。その証拠として、遠く旅に出て相手と会えない状況下や、地域神のみでは安心あるいは十分満足できない時などに、「天地の神」は歌われる。例をあげよう。

天地の神も助けよ草枕旅行く君が家に至るまで

（万四・五四九）

⇩天地の神もお守り下さい。旅路を行くあなたが無事に家に帰り着くまで。

天地《あめつし》の神に幣《ぬさ》置き斎《いは》ひつついませ我が背な我《あれ》をし思《も》はば

（万二〇・四四二六）

⇩天地の神に幣を捧げお祈りして行って下さいあなた。私を思って下さるなら。

六五五番歌の場合、作者が相手と国を別々にしている状況は「国こそ境へ」の句から明白である。そのため、類歌のように具体的にどこそこの国の社の神と特定して歌うことは、しにくかったと思われる。だからこそ、所属を越えた「天地の神」をここに登場させたのであろう。類歌二首の「神し」が六五五番歌で「神も」と微妙に異なっている理由も、「天地の神」以外の所属の定まった地域神を言外に暗示するための「も」であったと考えれば、納得がいく。
ところで、これは確かな根拠を示すこともできず、憶測にすぎないが、「国こそ境へ」の句はそれと類歌の関係にある三一〇〇番歌の直前に位置する次の歌に、ひょっとするとヒントを得て作られたのかもしれない。

紫草《むらさき》を草と別《わ》く別《わ》く伏す鹿の野は異《こと》にして（野者殊異為而）心は同じ（万一二・三〇九九）

これは鹿に寄せる恋の歌だが、「住む所は互いに別々で離れていても心は相通じている」という趣旨である。「野は異にして」と「国こそ境へ」の両句は、「生活の場所は離れ離れでも（相手を思う心は同じ）」という作者の置かれている状況を歌っており、両歌には通底するものがあるが、果たして偶然の結果に過ぎないのだろうか。

「邑」「変」の文字選択

最後に、「邑礼（または社）左変」という表記をとった点について、多少なりとも言及しておきたい。クニの訓字表記は、『万葉集』では「国」の字が圧倒的多数を占めている。しかし中には、「地」(一例)・「邦」(一例)・「洲」(一例)・「土」(二例〔長歌と反歌でセットと見れば実質は一例〕)・「本郷」(一例)の文字でクニを表記した例も見られる。

……国《くに》つ神《かみ》(地祇)伏して額《ぬか》つき……　(万五・九〇四)
……国問《くにと》へど(邦問跡)国をも告《の》らず……　(万九・一八〇〇)
豊国《とよくに》の(豊洲)企救《きく》の浜松……　(万一二・三一三〇)
磯城島《しきしま》の　大和の国《くに》に(山跡之土丹)……　(万一三・三二四八)
磯城島《しきしま》の大和の国《くに》に(山跡乃土丹)……　(万一三・三二四九)
……雁《かり》がねは国偲《くにしの》ひつつ(本郷思都追)……　(万一九・四一四四)

こういう例の存在から、何も「邑」字のみが孤立した例でないことが知られる(「邑」字をクニと訓むことについては検討済み)。

ではなぜ、「邑」の文字を用いてクニを表記したのだろうか。それは単にクニといっても、「国家や行政区画上の国・それよりも小さい地域・生まれ故郷」など、クニの概念は広狭様々で、厳密に区別することが困難な場合もある。そこで、「国こそ境へ」のクニの場合はどうかというと、おそらくこれは互いの生活の領域(一地方)としてのクニであろう。それで、サトやムラの訓もある「邑」字をあえてここに選択したのではないだろうか。実際、「生活の本拠となる地域」の意を表すサトとほぼ同義で使われたクニの例もあり、参考になる。

……古《ふ》りにし　里《さと》にしあれば（里尓四有者）　国《くに》見れど（国見跡）　人も通はず　里《さと》見れば（里見者）　家も荒れたり……（万六・一〇五九）

言繁《ことしげ》き里《さと》に住まずは（里尓不住者）……一に云ふ「国《くに》にあらずは（国尓不有者）」（万八・一五一五）

それと、先に示したクニの中で「本郷」と書かれた例は、「生まれ故郷」の意だから、この文字使用は明らかに表記者の工夫と見るべきである。

燕《つばめ》来る時になりぬと雁《かり》がねは国（本郷）偲《しの》ひつつ雲隠《くもがく》り鳴く（万一九・四一四四）

また、「変」字については、サカフ（境）が「境をつける・分け隔てる」という意味を表すところから、「場所を変えて生活を別々にする」というような意味を連想させる役割を担っていると見るのは考え過ぎであろうか。

おわりに

考察の結果、難訓箇所「邑礼（または社）左変」は、「国こそ境へ」と訓じることができ、なおかつ歌全体の解釈も自然で無理のないものになると思う。

本章では、「礼」字のまま係助詞コソで訓む「第一の考え方」と、もう一つ別に「社↓礼」の誤字を想定して同じ係助詞コソで訓む「第二の考え方」を示しておいた。この二つの考え方は共に可能性のあるもので、どちらか一方に決定することはできない。

ただ、「礼」字をコソ（希望の終助詞や係助詞）に使用した例が、『万葉集』に全然見られないので、筆者としてはどちらかといえば、誤字説のほうを若干支持したい。誤字説が現れる背景には『万葉集』の原本が存在せず、平安中期以降の転写本しか残っていないという事情がある。したがって、本来の文字がどうであったかは、いまや誰にもわからない。人間の行為である以上、書き写す過程で写し間違えることは避けられない。もちろん、誤字説が行き詰まりを打開するための窮余の策であることは、重々承知している。しかし、逆の見方をすれば、一字の誤字があったからこそ、いままで定訓を得られなかったのではないだろうか。

あとがき

　新書は読むもので、書くことなど考えもしなかった。人生とは、本当にわからないものだ。『東京新聞』（二〇〇一年五月二三日・夕刊）のコラム「大波小波」に「スリルある研究」と題された一文が掲載された。〈こんなことは珍しい。日々量産され読み捨てられるミステリーの類よりずっとスリルのある、しかし厳密な考証に裏付けられた研究書に出会った。間宮厚司『万葉難訓歌の研究』（法政大学出版局）がそれである。（中略）スピード感のある明快な論理とどこからでも読めるデジタルな構成は何よりの魅力で、一般の読者にも十分親しめよう。しかしその分、なにやらオタク的な解釈ゲームといった気味もあり、文章にツヤも足りない。これが新しい世代の学者の文章なのだろうか。（防人）〉

　これが文藝春秋の浅見雅男さんの目にとまり、本書は誕生した。ペンネーム「防人」がどういう方なのか知る由もないが、御礼申し上げたい。浅見さんは早速、自腹で拙著を購入・通読なさった上で、筆者の勤務する大学の研究室までお越し下さった。そして、読後感を忌憚なくおっしゃった後、何と無期限の執筆依頼を。いま、その日を手帳で確かめると、二〇〇一年の六月一一日。あれからちょうど二年が経ち、初校ゲラが出、こうしてようやく「あとがき」を書いている。その間、筆者の所属する文学部日本文学科の改革（昼夜開講制の導入）は一段落し、マンションの理事長としての務めを果たし、男の大厄も乗り切った。だが、悲しい出来事もあった。筆者をこの道に導いて下さった恩師、高橋新太郎先生（学習院高等科時代の担任で筆者の仲人）が、二〇〇三年一月にお亡くなりになったこと。昨年末、毎年恒例の家族ぐるみの食事会をした際、この本が出るのを楽しみにしていらしただけに……。

本書は当初、『万葉集』の類歌の比較のみでまとめる構想だった。ただ、締切期限がないのをいいことに、のんびりとしていたところ、実にタイミングよく浅見さんから手紙が届いた。〈先日うかがった「万葉類歌」のテーマはとても魅力的で是非ともお進めいただきたいのですが、私としては、前に上梓された御高著の内容についても、もっと多くの読者に知ってもらいたいという希望があります。そこで、難訓歌についても少し触れていただけないだろうかとお願いする次第です〉

その結果、全五章のうち、難訓歌を二章（第一章・第五章）、類歌を三章（第二章・第三章・第四章）で構成することになった。中身は既発表の拙論（凡例参照）の中から五本を選び、それらをベースに模様替えしたものである。

出来上がった原稿は、まず文春新書編集部の大口敦子さんにチェックしていただいた。和歌に造詣の深い大口さんは、節目節目で有益なアドバイスを下さり、大いに助けられた。また、校正に関しては、法政大学大学院博士課程に在籍する山崎和子さんの協力を得た。厚く御礼を申し上げる。ちなみに、『万葉集の歌を推理する』という素敵なタイトルを考えて下さったのは、編集部の方々である。未解決の問題に挑戦し、独自の見解を提示するのだから、「推理」というのは、まさにぴったりだと思う。

それにしても、『万葉集』は人をひきつけてやまない、不思議な魅力をもった歌集である。なぜ魅了されるのか。それは限られた資料のつなぎ方次第で、万華鏡のように解釈が変化するからにほかならない。ディテールに興味がわく人は、その醍醐味を存分に味わえよう。

この本を書き終え、再び研究への情熱が高まってきた。テーマを定め、資料を集めては考え込む。そんな苦しくも楽しい作業が、当分続きそうだ。

間宮厚司

二〇〇三年六月

間宮厚司（まみや あつし）

1960年東京生まれ。学習院大学大学院博士後期課程単位取得後、鶴見大学助教授を経て、現在、法政大学教授。文学博士。日本語学専攻。90年に「『おもろさうし』の係り結びについて」で第12回沖縄文化協会の金城朝永賞を受賞（言語学部門）。著書に『万葉難訓歌の研究』（法政大学出版局）、共著に『暮らしのことば語源辞典』（講談社）など。趣味は将棋（四段）。

文春新書

332

万葉集《まんようしゅう》の歌《うた》を推理《すいり》する

平成15年8月20日　第1刷発行

著　者　　間　宮　厚　司
発行者　　浅　見　雅　男
発行所　株式会社　文　藝　春　秋

〒102-8008　東京都千代田区紀尾井町3-23
電話（03）3265-1211（代表）

印刷所　　理　想　社
付物印刷　　大日本印刷
製本所　　大　口　製　本

定価はカバーに表示してあります。
万一、落丁・乱丁の場合は送料小社負担でお取替え致します。

ISBN4-16-660332-9

文春新書８月の新刊

三代史研究会
明治・大正・昭和　30の「真実」

福沢諭吉は「人の上に人を造れ」と主張／乃木将軍は戦下手ではない／昭和天皇がゴルフをやめた理由／杉原千畝は美談の主ではない…

331

間宮厚司
万葉集の歌を推理する

柿本人麻呂の「ささの葉は」の歌の本当の意味は何か？　目からウロコの新解釈と鮮かな検証により千年の謎だった恋歌が、いま蘇る

332

畠山　武
昭和史の怪物たち

戦前の昭和を引っかき回し、日本を混乱の渦の中に叩きこんだ森恪と宇垣一成、久原房之助の実像を描き、激動の時代の真相に迫る！

333

井出保夫
「証券化」がよく分かる
——日本を変える画期的な金融技術

銀行借入や社債発行とは違う新たな資金調達法。アメリカで巨大な市場を作っているこの金融技術の仕組みと実情をやさしく紹介する

334

望月　重《しげる》
ビルはなぜ建っているか　なぜ壊れるか
——現代人のための建築構造入門

迫りくる大地震にあなたの住むビルは大丈夫か？　絶対「安全」な建物はあるの？　現代人必須の知識「建築構造」の基礎を絵入りで伝授

335

文藝春秋刊